ब्रह्मपुत्र के तट पर

ब्रह्मपुत्र के तट पर

तसलीमा नसरीन

अनुवाद

सान्त्वना निगम

वाणी प्रकाशन

प्रकाशन के उत्कृष्टतम 63 वर्ष

सजिल्द पहला संस्करण : 2015
सजिल्द दूसरा संस्करण : 2026

vaniprakashan.com

वाणी प्रकाशन

4695, 21-ए, दरियागंज, नयी दिल्ली-110 002

फ़ोन : + 91 11 23273167, 23275710

शाखाएँ

अशोक राजपथ, पटना-800 004, बिहार
कॉफ़ी हाउस कैम्पस, महात्मा गांधी मार्ग, प्रयागराज-211 001, उत्तर प्रदेश
महात्मा गांधी अन्तरराष्ट्रीय हिन्दी विश्वविद्यालय, वर्धा-442 001, महाराष्ट्र

sales@vaniprakashan.in

vaniprakashan@gmail.com

Brahmputra ke Tat Par

by Taslima Nasrin

Translated by Santvana Nigam

ISBN : 978-93-5072-816-1

Novel

मूल्य : ₹ 295

जी.एस. ऑफ़सेट, दिल्ली-110 095 में मुद्रित

वाणी प्रकाशन का लोगो मक़बूल फ़िदा हुसैन की कूची से

मृत्यु

नूपुर को खबर मिली सुबह। दिन भर उसने किसी को कुछ नहीं बताया। बताना किसको था? है कौन जो इस समय उसके पास आकर खड़ा होगा? सगे-सम्बन्धियों में ऐसा कोई था भी नहीं जो यह खबर सुनकर विचलित हो, दुःख से टूट जाये या आँसू बहाये। कई लोग शायद उपदेश जरूर देंगे। लेकिन यमुना के साथ क्या बीती, क्या नहीं; इस बारे में कई लोगों को कोई फर्क नहीं पड़ता। उनके उपदेश सुनने से बेहतर है कि नूपुर को जो सही लग रहा है, वही वह करे। यह सब सोचते हुए भी नूपुर शाम के करीब जब्बार चौधरी को फोन करती है। जब्बार चौधरी की उम्र करीब पचहत्तर है। खबर सुनकर उन्होंने जानना चाहा कि यमुना अमरीका में रहती थी या नहीं? भारत में रहती थी—जानकर वे बेहद नाराज हो गये। कहने लगे—"इंडिया में क्यों रहने गयी? क्या उसे पता नहीं था कि इंडिया बांग्लादेश को पानी नहीं दे रहा? यमुना को चाहिए था इंडिया का बॉयकाट करे।" इसके बाद जब्बार काका की बातें सुनने की ज़रा भी इच्छा नहीं हुई। नूपुर ने सुलेखा को खबर दी। सुलेखा खाला की बेटी है। देश में रहते समय यमुना के साथ उसका काफी आना-जाना था। उसने यह खबर किसी आम खबर की तरह ही सुनी। कहा—"सभी को जाना है नूपुर। हमने क्या पुण्य कमाया बस उसका ख़याल करो। सभी—या नबसी, या नबसे करेंगे। यमुना आज चली गयी। कल हम जाएेंगे। आह, सभी को एक दिन चले जाना है—जैसे तो नूपुर को यह बात पहले मालूम न थी!

रात के दस बजे के करीब नूपुर नईम को फोन करती है। हालाँकि उसे पता ही था कि इस फोन को करने का कोई मतलब नहीं है—पर जानते हुए भी उसने फोन किया। उसे पता है कि अगर यमुना रोक पाती तो वह जरूर उसे फोन करने से रोकती। यह जानते हुए भी उसने नईम को इत्तला दी। परिवार का सदस्य है वह। यह खबर जानने का हक है उसको। सिर्फ इसी वजह से। इसके अलावा और कोई वजह नहीं। फोन करने से पहले नूपुर ने अपने आप से बार-बार प्रतिज्ञा की कि वह कतई नहीं रोयेगी; क्योंकि चाहे और किसी के भी सामने हाय-तौबा मचाये, नईम के सामने ऐसा करना सुहाता नहीं।

फोन नईम ने ही उठाया।

बड़े भैया—तपु ने फोन किया था।

"तपु कौन?"

"बूबू की बेटी।"

"यमुना की बेटी?"

"बूबू की बेटी का नाम तपु है, यह तो तुम्हें पता ही है—नहीं? तपु अब अमरीका में पीएच.डी. कर रही है। हार्वर्ड यूनिवर्सिटी से—फिजिक्स में।"

"यह तपु वही तपु है—यह मुझे कैसे मालूम होगा? फोन किया है तो क्या हुआ? मुझे क्या करना है? यह घर मेरा है। तू किसी अपु-तपु की तरफदारी करके वकालत मत कर—यह मैंने पहले ही बता दिया है। किस बास्टर्ड ने क्या किया—फोन किया या नहीं किया—आई डोंट केयर।"

"मुझे मालूम है तुम परवाह नहीं करते। बूबू के फ्लैट में तुम्हें—कितने साल हुए होंगे? करीब पच्चीस साल से रह रहे हो। अब लोग यही जानते हैं कि वह तुम्हारा ही फ्लैट है—यह तो तुम्हें पता ही है। मैंने इस बारे में तुमसे बात करने के लिए फोन नहीं किया। दरअसल देस के मकान-घर के बारे में तपु को कोई दिलचस्पी नहीं है।"

"तब, किसने फोन किया-नहीं किया—यह सुनाने के लिए इस आधी रात को मुझे नींद से क्यों जगा रही है?"

"ओह, तो तुम दस बजे ही सो गये थे? तब फिर कल बात करूँगी। कल ही बात करूँगी। तुम सो जाओ।"

"कल मेरे पास समय नहीं होगा। जो कहना है आज ही कह डालो। फैमिली के लिए अपनी पूरी एनर्जी खर्च कर दी मैंने। अब और मुझसे नहीं होगा। मेरी अपनी भी तो कोई लाइफ है? है कि नहीं?"

"एनर्जी अगर खर्च की भी हो तो तुमने अपनी फैमिली के लिए की है। मेरे और बूबू के लिए तुमने अपनी जेब से दो कौड़ी भी नहीं खरचे किसी दिन। अगर एनर्जी खर्च की भी है तो वह धोखाधड़ी से हमें ठगने की चाल में अपनी एनर्जी खर्ची है तुमने—और कुछ भी नहीं।"

"तू कहना क्या चाहती है?"

"तुम्हें अच्छी तरह पता है कि मैं क्या कहना चाहती हूँ।"

"इतनी रात गये फोन क्यों किया?"

"रात तो ज्यादा नहीं हुई। दस बजे रात को तो तुम सोते नहीं हो। दस बजे के बाद तुम्हारा शराब पीना शुरू होता है। रात के दो-तीन बजे तक ही सो पाओगे तुम।"

"उससे तुझे क्या? अपने पैसे की शराब पीता हूँ, तेरे पैसे से तो नहीं पीता।"

"ज़रा हिसाब लगाकर देखना। मेरे और बूबू के पैसे की शराब खूब पी रहे हैं। अगर बाबूजी की जमीन-ज़ायदाद, रुपया-पैसा अकेले ही हड़प न जाते—तीनों में बराबर का बँटवारा कर देते तभी तुम्हें यह कहना सुहाता कि—'तेरे पैसे की शराब नहीं पी रहा हूँ'।"

"तेरा यह रोना-झींकना सुने जाना मेरे बस की बात नहीं। तुझे मैंने फाइनली कह दिया है कि बाबूजी की ज़ायदाद के बारे में तू कुछ सवाल-जवाब नहीं कर सकती। हमारे मयमनसिंह वाला मकान मैंने तेरे नाम लिख दिया है।"

"नहीं, तुमने मेरे नाम नहीं लिखा। वह मकान मैंने खरीद लिया है। बाजार में जो रेट है उससे दुगनी कीमत दी है मैंने।"

"तेरी बहुत बकवास बरदाश्त कर ली मैंने। मैंने तुझे मार्केट रेट से बहुत कम कीमत पर घर दे दिया है।"

"तुम्हें खुद पता है कि तुम झूठ बोल रहे हो। इस मकान की कीमत सिर्फ दो करोड़ है, जब कि तुमने चार करोड़ लिए हैं।"

"इसीलिए मैं कहता हूँ कि औरतों के साथ कारोबार नहीं करना चाहिए। तुझे मकान बेचना ही सही नहीं था।"

"बेचा है तुमने रुपयों के लालच से। इतने सारे रुपयों के लालच से कैसे बचते?"

"अच्छा अगर मैंने तुझसे दुगनी कीमत ही ली है तो तूने मकान खरीदा ही क्यों? तूने मेरा मकान बिना किसी स्वार्थ के खरीद लिया?"

"यह तुम्हारा अकेले का मकान नहीं है। मैं और बूबू भी इसके हिस्सेदार हैं। लेकिन—तुम 'जिसकी लाठी उसकी भैंस' की तर्ज पर कह रहे हो कि मकान सिर्फ तुम्हारा है। बाबूजी तुम्हारे नाम कर गये हैं—और क्योंकि तुम हम दोनों को हमारा हिस्सा नहीं दोगे—सिर्फ इसी वजह से हमने खरीदा है—दुगनी कीमत अदा करके—कारण? यादें, स्मृतियाँ। इस घर के साथ लगाव है, इसीलिए खरीदा है।"

"सिर्फ तेरा ही लगाव है? मेरा नहीं? उस घर में मैं नहीं रहा था। सिर्फ तुम दोनों ही रही थीं?"

"रहे थे, पर तुम्हारा कोई लगाव नहीं था। अगर लगाव ही होता तो दस गुना ज्यादा कीमत मिलने पर भी तुम मकान न बेचते। जैसे मैं नहीं बेच पाऊँगी कभी। खैर छोड़ो ये सब पुरानी बातें। हम लोगों ने यही बातें जाने कितनी बार दोहरायी हैं। मैं तुम्हें बताना चाहती हूँ कि तपु ने फोन किया था।"

"हद है, वह तुझे फोन करती है, तू उसे। यह सब तुम्हारा आपस का मामला है। मुझे बताने का मतलब?"

''तपु के साथ कभी-कभार फोन पर बात होती है मेरी क्या। तुमने कभी तपु को फोन किया है? तुम्हें पता है वह देखने में कैसी है? आखिरी बार उससे कब मिले थे? कभी, तुमने उसके बारे में जानना चाहा? वह तुम्हें, क्यों फोन करेगी? बेचारी! वह तो जानती भी नहीं कि फैमिली किसे कहते हैं। एक बार शौक चढ़ा था तो आयी थी अपना देश देखने, सगे-सम्बन्धियों से मिलने। तब उसकी माँ के फ्लैट में ही उसे नहीं रहने दिया तुमने। जाने क्या कहा था तुमने? हाँ—मेहमान ठहरे हुए हैं वहाँ—मेहमान मतलब तुम्हारे ससुराल वाले। वे लोग तो पूरे साल बूबू के फ्लैट में ही रहते हैं। तपु के लिए वहाँ जगह ही नहीं थी। उसे होटल में रहना पड़ा था।''

''फ्लैट को लेकर इतनी बातें—बहसबाजी न कर नूपुर। बरदाश्त करने की भी एक सीमा होती है। अगर मैं फ्लैट का केयर टेकर न होता तो अब तक मोहल्ले के गुंडे-बदमाश इसे हथिया लेते। मैं देखभाल कर रहा हूँ। मेनटेनेन्स दे रहा हूँ। कम खर्च करना पड़ रहा है मुझे? कम पैसे खर्च हो रहे हैं मेरे?''

''जब घर में रह ही रहे हो, तो कूड़ा फेंकने का खर्च, पहरा देने का खर्च, यह सब तो तुम्हें ही देना पड़ेगा। उस घर में अगर किरायेदार रहते तब भी यही करना पड़ता।''

''तू इतने दिन अमरीका में रही है! तुझे इस देश के बारे में बहुत-कुछ नहीं मालूम। मैं न होता तो फ्लैट का बहुत नुकसान होता।''

''तुम अगर न होते तो एक फायदा तो ज़रूर होता—बूबू फ्लैट बेच सकती थी।''

''बेचती? यमुना फ्लैट कैसे बेचती सुनूँ तो ज़रा? फ्लैट बेचने के लिए क्या वह देश में लौट पाती?'' एअरपोर्ट पर कदम रखते ही उसकी कमर में रस्सी डालकर उसे जेल ले जाते।''

''बेकार की बातें मत करो।''

''मैं बेकार की बातें नहीं करता।''

''बूबू के खिलाफ किसी ने मुकदमा दायर नहीं किया है। कौन उसे जेल ले जाता और क्यों ले जाता?''

''उसके यहाँ पहुँचते ही उस पर मुकदमा ठोंक देते। अच्छा हुआ जो नहीं आयी। बाइ द वे, तपु क्यों अपने पिताजी के परिवार के किसी से नहीं मिली? उसकी फैमिली ने उसे रिसीव क्यों नहीं किया? घर में नहीं ठहराया। गुलशन में तो उसके पिता के बहुत बड़े-बड़े मकान हैं।''

''क्यों ये सब बोल रहे हो? तुम्हें अच्छी तरह से मालूम है, वे लोग तपु के बारे में कुछ नहीं जानते। पिताजी या उसकी फैमिली के बारे में खुद तपु को भी कुछ नहीं मालूम। उसे कोई दिलचस्पी भी नहीं है। तपु अपनी माँ के पास ही पली-बढ़ी है।''

''सो?''

''सो क्या? तुम्हें इनफॉरमेशन दे दी। तुम जानते थे फिर भी दी। कनवेंशनल जिन्दगी के बाहर जिन्दगी होती है किसी की। तुमने किसी दिन इस बारे में जानना चाहा? सिर्फ अपना स्वार्थ ही देखते रहे।''

''सुन, तेरी ये शिकायतें सुनने से ही मेरा काम न चलेगा। तुझे कोई काम-धन्धा नहीं है। बैठेठाले अमरीका में डॉलर की बदौलत 'लैविस लाइफ लीड' कर रही है। मुझे खट के खाना पड़ता है। बहुत काम पड़ा हुआ है। रखता हूँ।''

नूपुर नईम को रोकती है। धीरे-धीरे लम्बी साँसें लेकर कहती है—''यह बताना मेरा फर्ज बनता था, बाद में फिर मुझे दोष न देना। यह मत कहना कि किसी बुरें मतलब से मैंने यह खबर तुमसे छुपाकर रखी। सुनो, तपु ने खबर दी है कि बूबू गुजर गयी।''

फोन के दोनों ओर एक चुप्पी—नूपुर की आँखों से आँसूओं की धारा बह रही है। बायें हाथ से फोन का रिसीवर पकड़े है, दाहिनी हथेली से मुँह ढक रखा है, जिससे अचानक कोई दुखभरी आवाज़ मुँह से निकल जाये तो नईम को न सुनायी दे।

''ओऽ तो यह बात है।''

नईम ही पहले बोलता है।

नूपुर खुद को सँभालती है और कहती है—''हाँ यह बात है। उसने यह भी बताया कि तपु इंडिया नहीं जायेगी। उसने अपनी माँ को जैसे हँसी-खुशी लाइवली देखा है—वही यादगार मन में बनाये रखना चाहती है। वह बूबू की डैड बॉडी नहीं देखना चाहती।''

''नहीं चाहती तो तू मुझे क्यों बता रही है?

''नहीं, तुम्हें कोई जिम्मेदारी उठाने को नहीं कह रही हूँ कि बूबू की किसी भी बात पर नाक घुसेड़ो। पच्चीस साल तक बूबू के किसी भी मामले में तुम्हें दिलचस्पी नहीं रही—अभी भी वैसे ही रहो। सिर्फ कुछ दिन के लिए बूबू को बदनाम करना छोड़ दो—जैसे इतने दिन तक करते रहे। मैं जल्दी ही कलकत्ता जा रही हूँ। बस यही खबर देने के लिए ही तुम्हें फोन किया कि तुम्हारी छोटी बहन यमुना अब नहीं रही। इतनी सी खबर परिवार के सदस्यों को देनी ही चाहिए इसीलिए दी थी।''

नूपुर खुद ही फोन रख देती है। क्योंकि उसके हाथ काँप रहे हैं, होंठ थरथरा रहे हैं। फोन रखते ही उसे बरामदे तक दौड़कर जाना पड़ता है—लम्बी-लम्बी साँसें लेनी पड़ती हैं—थोड़ी देर के लिए गला फाड़ कर रोना पड़ता है।

इसके बाद फोन बजता रहा। नईम ही कर रहा होगा शायद—यह सोचकर फोन नहीं उठाया। नहीं उठाया क्योंकि वह रो रही थी, थोड़ा लेटी थी, फिर बार-बार पलँग से उतरी थी, पानी पिया था, फिर लेट गयी थी, करवटें बदलती रही थी। सीने में

कहीं चुभता हुआ दर्द। वह सुबक-सुबक कर रोयी थी। फिर शान्त हो गयी थी। रात भर यमुना की बातें मन में गूँजती रहीं। यमुना कहती थी—आ जा नूपुर, मेरे पास आ न एक बार के लिए—कितने दिन से तुझे देखा नहीं। आज जाऊँगी—कल जाऊँगी करते-करते नूपुर का जाना हुआ ही नहीं। और थोड़े दिन बाद या कुछ महीने बाद शायद वह जाती। ज़रा घर सँवार-समेट लेती तो जाती। लेकिन घर सँवारने में ही साल बीत गया। यमुना ने पूछा था—"इतना क्या घर सँवार रही है?" नूपुर क्या जवाब दे—समझ नहीं पायी। घर असल पिछले पच्चीस वर्ष के लम्बे अर्से में—'क्या कर रही है? आ जा न।' उसके इस बुलावे को अनसुनी करते-करते उसे टाल देने की आदत सी पड़ गयी थी।

एक बहुत ही उदास और असहनीय रात गुजर जाती है। सुबह सड़क पर पड़े यतीम बच्चे की तरह सिकुड़-सिमट कर लेटी रहती है नूपुर। फिर सो जाती है। दुली रोज की तरह चाय दे जाती है। चाय पड़ी-पड़ी ठंडी हो जाती है। बारह बजे नईम के फोन से उसकी नींद टूटती है।

"क्या हुआ था रे? कौन-सी बीमारी। मतलब कहना चाह रहा हूँ कि कौन-सी बीमारी से मरी?" नईम पूछता है। आवाज़ से लगता है गला बैठा हुआ है।

नूपुर दुली को बुलाकर ठंडी चाय को ही गर्म करके लाने को कहती है। बगैर चाय पिये नूपुर का दिन शुरू नहीं होता। लम्बी साँस लेकर कहती है—"पता नहीं बड़े भैया। लगता है हार्ट अटैक था। ब्लड प्रेशर तो ज्यादा था ही।"

"प्रेशर कब से था? प्रेशर तो मुझे भी है।"

"हाँ, बाबा से ही हैरीडिटरी में मिला है प्रेशर—तुम्हें और बूबू को भी।"

"दवा लेती थी इसके लिए?"

"हाँ लेती तो थी।"

"अगर दवा लेती थी तो हार्ट अटैक क्यों होगा?"

"प्रेशर न भी हो तो हार्ट अटैक तो होता है। कौलेस्ट्रोल बढ़ जाने से या ब्लड प्रेशर होने से या ब्लड क्लाट होने से। किस वजह से बूबू को अटैक हुआ, यह जानना जरूरी है।"

"हाँ, वैसे उम्र तो हो गयी थी। लेकिन उसकी बेटी ने क्या कहा? कैसे गुजर गयी?"

"नहीं उसने कुछ नहीं बताया। उसको किसी ने फोन से इत्तला दी कि बूबू गुज़र गयी।"

"किसने इत्तला दी?"

"कलकत्ते से किसी ने।"

"जिसने खबर दी वह क्या यमुना का कोई रिश्तेदार है? मतलब कोई रिलेटिव?

क्या वह उस समय पास था उसके? मतलब मरते समय, नाम क्या है उसका?''

''तपु को किसने खबर दी यह तो कोई इम्पोर्टेंट बात नहीं है। कलकत्ते में बूबू का कोई रिश्तेदार कहाँ से आयेगा? बूबू तो अकेली रहती थी। शायद किसी सहेली या कॉलीग ने इत्तला दी है।''

''तूने पूछा क्यों नहीं कि किसने फोन किया था तपु को। जिसने फोन किया था उसका फोन नम्बर ले ले। उसके साथ डायरेक्टली बात कर। क्या हुआ था? घटना क्या है? सब पता लगा। जल्दी में कोई डिसीज़न मत लेना। यह कोई उड़ती खबर है या नहीं, इसका पता लगा। कलकत्ते के लोग अच्छे नहीं होते। यह भी हो सकता है कि यमुना के रुपये-पैसे के लालच से उसको गायब कर दिया है।''

तपु ने कहा, ''वह महिला, जाने क्या नाम है आरती या नियति—उसे समझ नहीं आ रहा कि वह अकेले क्या करे। उसने तपु को कलकत्ता आने के लिए कहा, कहा, 'लाश हमनें मॉर्ग में रखवा दी है। तुम आकर जो करना है करो। यह भी इत्तला दी कि बूबू ने डैडबॉडी मेडिकल कॉलेज को दान कर दी है।''

''क्या कर दिया है?''

''दान कर दिया है।''

''पूरी बॉडी ही?''

''हूँ।''

''मेडिकल कॉलेज को उसकी बॉडी से क्या करना है?''

''बॉडी काटकर ही तो स्टूडेंट लोग सीखते हैं। इसके अलावा डैडबॉडी रिसर्च के काम भी आती है।''

''बॉडीज की कमी है क्या आजकल? चलो बॉडी दे दी है तो अच्छा ही किया। बॉडी उठाने का झमेला खत्म हुआ। बंगाली लोग तो विदेश से बॉडी ला रहे हैं। देश में खर्चा भी बेहद है। मैं तो यही कहता हूँ, जिन्दगी का ज्यादातर समय उन्होंने जहाँ बिताया, वहीं उन्हें दफनाना चाहिए। बॉडी को उठाकर देश में लाने की जरूरत ही क्या है? उन्हें इत्तला दे दे कि बॉडी को मेडिकल में दे दें।''

''वे लोग मेरा इन्तजार कर रहे हैं। मैं जाऊँगी तभी सब कुछ होगा।''

''कब जायेगी?''

''जाऊँगी, कल ही जाऊँगी।''

''घर गाड़ी ये सब है?''

''मतलब?''

''मतलब घर गाड़ी है कि नहीं। जायदाद वगैरह कहाँ, किस हाल में है—वह भी तो देखना होगा।''

''ऐसे समय में जायदाद पैसे वगैरह के बारे में चिन्ता कर रहे हो? एक इनसान

गुज़र गया है बड़े भैया। वह इनसान नहीं रहा अब।''

''सुन, जो कुछ खरीदा है सब बेच दे। सिर्फ कीमती चीजें, सोना-चाँदी, रुपया-पैसा बस यही सब लेकर आना। और कुछ मत लाना। नहीं तो देखेगी कि खरीदने में जितने पैसे लगे हैं, ट्रांसफर करने में उससे दुगने पैसे लग रहे हैं। कोई दिक्कत हो तो बंगलादेश एम्बैसी से कॉन्टैक्ट करना। वहाँ मेरा एक दोस्त है। कमाल चौधरी। मैं उसे सब बता दूँगा।''

''ठीक है।''

''दरअसल मुझे ही जाना चाहिए था। तू क्या कर पायेगी इतना तुमसे नहीं होगा। एक मर्द का होना जरूरी है ऐसे काम के लिए।''

नहीं, नहीं, नहीं, मैं ही कर सकूँगी। न कर पाने की क्या बात है? बूबू के दो एक दोस्तों से मेरी जान-पहचान है। वे लोग जरूर मेरी मदद करेंगे। क्या नाम है जाने? शायद मून और गार्गी। हालाँकि उनके फोन नम्बर और पता मेरे पास नहीं हैं। वह तो ढूँढ निकाला जा सकता है। एक बार गयी तो थी कलकत्ता मैं। ढाका से होकर अमरीका जाते वक्त वहाँ ठहरी थी। दो दिन रही थी। जय तब गोद में ही था। उनके साथ परिचय हुआ था। बूबू एक किराये के मकान में रहती थी। तपु छोटी थी। बूबू ने कलकत्ते के किसी अच्छे स्कूल में उसके दाखिले के लिए बहुत कोशिश की थी। मुझे और कुछ दिन रुकने के लिए कहा था। जय मुझे इतना परेशान कर रहा था, इसी से मैं रुक नहीं पायी।''

''सुन, काम की बात कहता हूँ। वहाँ के किस बैंक में कितना है, यह सब पता लगाना होगा। और इंडिया से बंगलादेश में रुपया ट्रांसफर करना इतना आसान नहीं है। परमिशन-वरमिशन लेने का बखेड़ा है। मेरे पास तो भारत का वीसा है। पिछले महीने बनवाया था। एक नया बिजनेस शुरू करने के लिए दिल्ली जाने की बात थी। उसी वीसा से ट्रिप/चक्कर लगाकर आ सकता हूँ। देखूँ, कल का एक टिकट मिल सकता है या नहीं।''

''यह सब मैं ही कर सकती हूँ बड़े भैया। तुम्हें जाने की जरूरत नहीं है।''

''जरूरत नहीं है, मतलब?''

''मतलब, तुम्हारे साथ तो अच्छे सम्बन्ध नहीं थे न। तुमने तो बूबू की कोई खैर-खबर भी नहीं ली। एक मैं ही थी जो लेती थी। हालाँकि मैं भी कितनी खबर रखती थी। मेरे भी हजार झमेले थे। हर समय अता-पता रख नहीं पाती थी। अपनी घर-गृहस्थी में ही उलझी रहती थी। ज्यादातर तो बूबू ही कॉनटैक्ट रखती थी। मैं तो कई बार उसका फोन भी नहीं उठाती थी। डिप्रेशन में रहो तो किसी के साथ बात करने की भी इच्छा नहीं होती। पता नहीं बूबू को इस बात का एहसास था या नहीं। वैसे बहुत-सी बातें वह समझती थी। बूबू बहुत अकेली थी। फैमिली में

से किसी का सपोर्ट नहीं मिला उसे। अगर मिलता तो...'' नूपुर की बात खत्म होने से पहले ही नईम ने धमकाकर कहा–

''फैमिली सपोर्ट की उम्मीद रखती कैसे है वह? हम लोगों ने जो उसके खिलाफ केस नहीं किया, पुलिस को खबर नहीं की, यही बहुत है। और क्या चाहती है वह?''

''नहीं, कुछ नहीं चाहती। चाहने के लिए वह बैठी नहीं है और। तुम क्यों सपोर्ट करोगे? ठीक ही तो है। बूबू कहीं लौटकर न आ जाये, तुम्हें इसी बात का डर था। कहीं तुमसे फ्लैट लौटाने को न कहे। अब तो जन्म भर के लिए वह डर चला गया न, तभी इतना चीख-चिल्लाकर बात कर रहे हो। तुम्हारा मन किस मिट्टी का बना है, बोलो तो। हम दोनों एक माँ की सन्तानें हैं। क्यों तुम्हारी मानसिकता/सोच इतनी अलग है? कभी-कभी मैं सोचती हूँ क्या सचमुच तुम माँ के गर्भ में थे? या कि तुम्हें कहीं और से लाकर अडॉप्ट किया गया था।''

''बेकार की बातें बन्द कर। तेरी बहन को फैमिली ने सपोर्ट नहीं किया? शर्म नहीं आती ऐसा कहते। एक मर्डरर-को कैसे सपोर्ट करें हम? वह तेरी बहन हो सकती है, लेकिन यह मत भूल कि उसने एक आदमी का खून किया है। एक खूनी के लिए तेरे मन में इतना दर्द क्यों उमड़ रहा है? तब तो यही कहना पड़ेगा कि इस खून में तू भी शामिल थी। हमारी सात पीढ़ियों में कभी किसी ने किसी का खून किया है? मैं खराब हूँ, अमानुष हूँ, या कि यमुना खराब है, यमुना अमानुष है। पूछ लोगों से, देख वे क्या कहते हैं। देख, सब लोग किसे अमानुष कहते हैं। एक खूनी मर गयी तो क्या हुआ। वह मर जाये, यही तो सब लोग चाहते हैं। खूनी जेल की चक्की पीसते हैं, खूनी फाँसी पर चढ़ते हैं, उन्हें उम्रकैद होती है। पर ये सब तो उसके साथ कुछ भी नहीं हुआ। देश से भागकर बड़े मजे में थी इतने साल। मैं तो आज भी उसकी वजह से लोगों को अपना मुँह नहीं दिखा सकता। खूनी का भाई कहकर अभी भी लोग मेरी तरफ उँगली उठाते हैं।''

''हमेशा से तुम एक ही बात कहते आ रहे हो। कम से कम आज के दिन तो यह सब कहना बन्द करो। एक इनसान थी, वह अब नहीं रही।''

''सो?''

''सो, उसकी बात सोचो जरा। क्या उसने कभी कुछ अच्छा नहीं किया? सिर्फ खून ही किया? बेवजह खून तो नहीं किया न?''

''सब खूनी यही कहते हैं कि खून करने के पीछे कोई वजह थी।''

नईम और थोड़ी देर चीखता-चिल्लाता रहा। थोड़ा और यमुना को टुकड़ों-टुकड़ों में काटकर वह नमक-मिर्च मिलाकर चबाकर खाता रहा। उसकी आवाज में, तीव्र रोष, विद्रूप और घृणा झलक रही थी। नूपुर ने फोन रख दिया। जब भी यमुना का

प्रसंग उठा, ऐसा बहुत कम हुआ कि नईम ने यमुना को खूनी कहकर गाली नहीं दी। पर आज का दिन कम से कम अलग हो सकता था। आज का दिन और दिनों की तरह नहीं है न। आज यमुना नहीं है। आज नूपुर को कोई बुरी बात सुनने की इच्छा नहीं हो रही।

नूपुर को पता है नईम झूठ बोल रहा है। 'खूनी का भाई' कहकर नईम पर कोई उँगली उठाता है—ऐसा नूपुर को बिल्कुल विश्वास नहीं होता। अगर यमुना ने न बताया होता तो लोगों को इस खून के बारे में पता ही नहीं चलता। और अगर नूपुर उस वक्त नईम को न बताती तो नईम इस घटना के बारे में जान ही नहीं पाता। नूपुर की शादी धूमधाम से करने में नईम की खास भूमिका थी। क्या यही कारण था कि नूपुर को अनजाने में ही नईम पर विश्वास हो गया था। विश्वास हो जाने की ही वजह से यमुना ने जो बातें सिर्फ नूपुर को बतायी थीं नूपुर ने वह बातें कितने लोगों के कानों तक पहुँचा दी थीं। क्या सोचकर उसने ऐसा किया होगा? क्या उसने सोचा था कि कुछ लोगों को यह बात अगर बताकर रखे तो मुसीबत के समय उसे सहायता मिल सकती है? या फिर यमुना के उस खून के अपराध को वह मन ही मन कभी मान-स्वीकार नहीं कर पायी। तभी उसने यह बात लोगों में फैला दी थी। अगर जिन्दगी को पीछे लौटा लिया जा सकता? सिर्फ एक रिमोट कंट्रोल रहता, तो गलतियों को सुधारा जा सकता था। नूपुर को बहुत असहाय सा महसूस होता है। और इन सब के ऊपर उसका सिर जकड़ने लगता है। इस सिर में जकड़न की बीमारी और बढ़ जाती है—जब किसी का बुरा बर्ताव अपनी हदें पार कर लेता है। यही वजह है कि नूपुर नईम को फोन करना नहीं चाहती, अपने व्यक्तिगत दुःख और तकलीफ की बातें उसे बताना नहीं चाहती। जले पर नमक छिड़कने के लिए नईम हर समय बड़ी मुस्तैदी से तैयार रहता है।

यमुना चाहे खूनी हो या और कुछ भी—नूपुर की बहन है यमुना। जिम्मेदारी तो उसे अब लेनी ही पड़ेगी। कलकत्ते में जिसके साथ कॉनटैक्ट करना है, उसका नाम, फोन नम्बर सब वह तपु से लेती है। निर्मला बसु, यमुना के घर में रह रही है, बहुत सालों से। क्यों रह रही है, किरायेदार है, या केयर टेकर या घर के काम में हाथ बँटाने के लिए या घर का खर्च शेयर करने के लिए, एक हाउसमेट जैसी। यह सब नूपुर ने तपु से नहीं पूछा। निर्मला को फोन करके नूपुर पता लगा लेती है कि वह यमुना को कितने दिन से जानती है, कैसे जान-पहचान हुई, यमुना का घर ठीक किस जगह है, अब जहाँ यमुना का शव रखा गया है वह घर से कितनी दूर है। निर्मला चाहती है कि नूपुर वहाँ जाये। निर्मला उसे बता देती है कि कलकत्ते में यमुना की जान-पहचान वाले, मित्रजन, शुभाकांक्षी सभी यही चाहते हैं। निर्मला और यमुना की जान-पहचान कलकत्ते में ही हुई थी। वह खरीदने के लिए घर ढूँढ़ रही थी।

इश्तहार देखकर बहुत सारे घर देखकर आयी, पर उसे कोई भी पसन्द नहीं आया। जो घर पसन्द आया, वह निर्मला के चाचा का ही मकान था। वयोवृद्ध, निःसन्तान अपने चाचा-चाची के घर पर रह कर ही निर्मला ने अपनी कॉलेज की पढ़ाई पूरी की। उसके माँ-बाप बोलपुर के गाँव में रहते थे। यह तय था कि कॉलेज में पढ़ते समय ही उसके चाचा-चाची लड़का ढूँढ़ कर उसकी शादी कर देंगे। न कोई लड़का मिला, न शादी हुई। उधर गाँव में माँ-बाप दोनों ही स्वर्ग सिधार गये। चाचा-चाची ने एक समय यह तय किया कि इतने बड़े घर में रहने का कोई मतलब नहीं। उससे अच्छा तो यह है कि यह घर बेच दिया जाये और शहर में जो इतने फ्लैट बन रहे हैं, उनमें से एक फ्लैट खरीद लेंगे, फ्लैट भी होगा और जमा करके रखने के लिए हाथ में कुछ पैसे भी रहेंगे। घर खरीदा था यमुना ने। और घर खरीदने की वजह से ही निर्मला और यमुना का एक-दूसरे से बहुत बार मिलना होता, बातचीत होती। जितनी मित्रता बढ़ी, एक-दूसरे के करीब आयीं, आपसी प्यार भी बढ़ा। चाचा के फ्लैट में जाने से पहले यमुना ने कुछ असबाब खरीदे। घर को ठीकठाक करने और सजाने में मदद करने के लिए निर्मला भी उसी घर में रह गयी। वह जो रहने आयी तो फिर उसका और कहीं जाना ही नहीं हुआ, वहीं रह गयी। कहीं नहीं गयी वह, न चाचा के फ्लैट में, न गाँव में, न माँ-बाप के घर। शादी के लिए उसकी उम्र ज्यादा हो जाने के कारण लोगों ने तब उसके शादी-ब्याह की फिक्र ही छोड़ दी थी। पहले चाचा-चाची का घर ही उसका अपना घर था, पर अब यमुना की गृहस्थी तो जैसे उसकी अपनी ही गृहस्थी हो गयी। निर्मला मानती थी कि मर्द-औरत की गृहस्थी से ज्यादा अच्छी दो औरतों की गृहस्थी होती है—न कोई झंझट न झूठ-झमेला। निर्मला एक स्कूल में नौकरी करती थी। स्कूल के प्रिंसिपल निर्मला का यौन शोषण करते थे कि आखिरकार निर्मला ने नौकरी छोड़ देने का मन बना लिया। घर बैठी निर्मला को देखकर ही यमुना ने तब सोचा था कि निर्मला किसी दूसरे स्कूल में तो पढ़ा सकती है—अगर दूसरे स्कूल में नहीं तो अपने स्कूल में तो पढ़ा ही सकती है। यमुना पहले 'सिस्टरहुड' नाम से एक स्कूल खोलने की बात सोचती रही, फिर एक संगठन की बात भी सोची उसने। जैसी सोच वैसा काम। काम शुरू। निर्मला पर ही ज्यादा जिम्मेदारी आन पड़ी थी। चक्कर लगा-लगाकर कितने सदस्यों का जुगाड़ कर लिया। रुपया-पैसा, नयी सोच, नया प्लैन, सब यमुना के ही दिमाग की उपज थी।

नूपुर सुनती है और सोचती है—यमुना ने उसे निर्मला की बात क्यों नहीं बतायी? निर्मला इतने लम्बे अर्से तक यमुना के घर रहती रही। यमुना ने नूपुर को इतनी बातें बतायीं, लेकिन निर्मला की बात किसी सन्दर्भ में भी नहीं बतायी। नूपुर सोचती थी—यमुना शायद उसे सब कुछ बता देती है। यमुना कभी भी उससे कुछ नहीं छुपाती। मन में कहीं चोट सी लगती है उसे। फिर सोचती है वह बुरा लगना,

चोट खाना, किसके लिए और क्यों? क्या खुद नूपुर ने ही किसी दिन यमुना से उसके घर-परिवार के बारे में बात की? कुछ जानना चाहा? यमुना कैसी है, यह बात नूपुर ने शायद ही कभी पूछी हो। वह तो हमेशा अपने बारे में ही बातें करती आयी है, अपनी तरह-तरह की समस्याओं के बारे में। और यमुना ने भी खोद-खोद कर सिर्फ नूपुर के बारे में ही जानना चाहा। अगर अचानक कुछ जानना चाहा नूपुर ने तो यह कि तपु कैसी है।

बहुत बार नूपुर को लगा है कि तपु की तरह वह भी कह दे—"तुम लोगों को जो करना है करो, मैं उसका मरा हुआ चेहरा नहीं देख पाऊँगी। वह मेरे लिए जीवित ही रहेगी। मैं चाहती हूँ वह मेरी स्मृति में जीवित ही रहे।"

ऐसा सोचते-सोचते एक बार नूपुर ने निर्मला से कहा—"आप लोग ही तो बहुत सालों से यमुनादी के पास थे। हम रिश्तेदार जरूर हैं, पर दूर ही रहे, शायद मजबूरी में ही दूर रहना पड़ा। बीच में कितने ही साल गुजर गये। कोई कॉनटैक्ट किसी के भी साथ नहीं था।"

"फिर भी मेरे साथ बीच-बीच में 'आपकी बातें बहुत करती थी।" निर्मला कहती है।

"अच्छा? करती थी?"

"हाँ, बहुत बात करती थी।"

"क्या कहती थी?"

"कितना कुछ कहती थी। बचपन में कहाँ, कैसे आप लोग बड़ी हुई हैं। दोनों बहनें एक-दूसरे के कितनी करीब हैं—यह सब कहानियाँ सुनते-सुनते अब तो हम आपके बारे में बहुत कुछ जानते हैं। आपको भी हम अपना ही समझते हैं।"

'अपना' नूपुर को सुनना अच्छा लगता है। 'अपना' कहने को उसका अब है ही कौन?

निर्मला के साथ जब बातचीत हुई रात के करीब, भारत का वीसा, फ्लाइट टिकट बगैरह जरूरी कुछ बातें दो-चार मिनट में खत्म करके दोनों ने बहुत इधर-उधर की गैरजरूरी बातें कीं। सम्बोधन करते हुए पहले दिन ही 'आप' से 'तुम' पर चली आयीं।

यमुनादी को बहुत दिन से देखा नहीं। पाँच साल। पाँच साल पहले ही तो गयी थी अमरीका। एम.एस.एन. में 'याहू' में स्काइप में पहले देखती थी उन्हें, बात होती थी। वह भी बहुत दिनों से नहीं हुई। बाल सफेद हुए थे?

आधे से ज्यादा बाल सफेद हो गये थे। मेरी आँखों के सामने ही सफेद हुए। इस तरह जैसे 'त्योहार' मनाकर किसी के बाल सफेद होते नहीं देखे। 'ग्रे हेयर' लेकिन उन पर बहुत फबते थे।

''डाई करती थी?''

''डाई करेगी यमुना? पागल हो गयी हो क्या? कितने दिन कहा, बालों में जरा रंग वंग लगाओ। गोदरेज की अच्छी डाई आयी है। न, लगायेगी ही नहीं। उम्र बढ़ रही है या बढ़ गयी—इसे लेकर कभी सिर नहीं खपाया, कभी फिक्र नहीं की। ऐसी ही थी यमुना। हमारे कई दोस्त तो उसे 'वर्कोहौलिक' कहते हैं। हर समय व्यस्त रहना उसे बहुत अच्छा लगता था।''

''आजकल वह किसी चीज में व्यस्त रहती थी?''

''नौकरी तो कर ही रही थी।''

''नौकरी!''

''क्यों? अग्नि पावर ऐंड इलेक्ट्रोनिक्स सोलर एनर्जी की चीफ फिजिसिस्ट थी। तुम्हें तो जरूर पता होगा।''

''ओह, हाँ हाँ वह तो मालूम है।''

''इतनी व्यस्तता के बावजूद उसने 'सिस्टरहुड' संस्था को बनाया—वह भी मैंने बताया था। अब तो 'सिस्टरहुड' संस्था बहुत बड़ी हो गयी है। करीब पाँच हजार सदस्य हैं इसके।''

''तुम्हारे बारे में कुछ न बताने पर भी 'सिस्टरहुड' की बात बूबू ने मुझे बतायी थी। एक दिन यह भी कहा था कि नौकरी छोड़कर 'सिस्टरहुड' में ही वह पूरा समय लगायेगी। ऐसा जोखिमभरा डिसीज़न बूबू ही ले सकती है। शुक्र है आखिर तक नौकरी नहीं छोड़ी। अच्छी नौकरी छोड़ दो तो बाद में क्या होगा—कौन जानता है? किसी पर क्या मुसीबत आने वाली है। यह कौन कह सकता है। और 'सिस्टरहुड' और नौकरी की ही बात क्यों करें, तपु को पाल-पोस कर बड़ा किया है उसने।''

निर्मला हँस कर कहती है, ''कहने को तपु के पीछे यमुना को जरा भी व्यस्त नहीं रहना पड़ा। तपु तो ऐसे ही बड़ी हो गयी। यमुना ने उसे एक बंगाली माँ की तरह कतई बड़ा नहीं किया। हाँ, अच्छे स्कूल में पढ़ी है, इतना ही। घर में मास्टर-वास्टर नहीं रखा कभी। पढ़ाई में कुछ पूछना-समझना होता तो यमुना से ही पूछती थी। मास्टर-वास्टर नहीं रखा—इसका यह मतलब नहीं कि वह तपु को प्यार नहीं करती थी। बेहद प्यार करती थी। पर बाहरवालों को यह पता नहीं लगता था। दरअसल यमुना तपु को तरह-तरह के पकवान खिलाकर या चीज खरीदकर तपु को यह समझाना नहीं चाहती थी कि वह तपु को प्यार करती है। यह खरीदकर दो, यह चाहिए, वह चाहिए, यह सब भी नहीं करती थी तपु, लाड़ लड़ाकर चीजें माँगना, बच्चों जैसी जिद करना—यह सब तो तपु ने सीखा ही नहीं—बिल्कुल ही नहीं। बस, किताबी कीड़ा थी वह। किताब खरीदकर दो तो खुश।''

''मैं अपने बेटे को किताब खरीद कर देती थी—वह छूकर भी नहीं देखता था।

बूबू बड़ी लकी थी।''

''यमुना कहती थी तुम उसे 'बूबू' कहकर बुलाती थी। मुझे भी बूबू कहना बहुत अच्छा लगता है। दरअसल बूबू तो कोई नाम नहीं है—बूबू का मतलब है दीदी।''

निर्मला हँसते-हँसते कहती है—''मुझे पता है।''

इस तरह बातें आगे बढ़ती जाती हैं। यमुना क्या पहनती थी, साड़ी के अलावा क्या और कुछ भी नहीं पहनती थी। एक समय था जब नीला रंग उसे बहुत पसन्द था। आखिर के दिनों में भी क्या उसे नीला रंग ही भाता था? विदेश में तो विदेशी पहनावा ही पहनती होगी। क्या खाती थी? सब कुछ खाती थी। खाने को लेकर बाकी छानबीन भी करती थी। क्या सिर्फ खाने को लेकर ही? कीड़े-मकोड़े, ईंट-पत्थर लेकर भी छानबीन करती थी। यह क्या आज की बात है? खाना कौन बनाता था? ज्यादातर निर्मला ही, और कौन बनायेगा? यमुना ने कभी निर्मला को अनुरोध नहीं किया या लाड़ से नहीं कहा कि वह खाना बनाये, घर-गिरस्ती सँभाले। जो भी किया निर्मला ने प्यार से ही किया। खाली समय में क्या किया करती थी? खाली समय क्या सचमुच था उसके पास? हाँ था, जरूर था। किताबें पढ़ती थी। घूमने जाती थी। हाँ, किताब पढ़ने और घूमने को यमुना बहुत जरूरी समझती थी। इन दोनों में से किसी एक को भी उसने एनटरटेनमेंट के तौर पर नहीं लिया। वह तो इन दोनों काम से जैसे कुछ सीखती थी। किताब पढ़ती तो उसमें लाल स्याही से निशान बना-बनाकर हाशिये में कुछ-कुछ लिखती रहती थी और घूमने जाती तो हमेशा एक नोटबुक रहता था उसके हाथ में। नयी जगह पर नया क्या कुछ देखा किसी नये परिचित आदमी से कौन सी नयी बात हुई, कौन से नयी चीज खायी, कौन सी नयी बात सुनी। यह सब काफी कुछ लिखकर रखती थी। फिर कभी-कभी खुद को अचानक कुछ याद आये या विचार मन में उठे तो भी लिखकर रखती थी। निर्मला कहती थी दिमाग तो है साथ, याद रखने के लिए कागज में लिखने की क्या जरूरत? यमुना हँसकर कहती—दिमाग पर इतना भरोसा नहीं करना चाहिए। कब दिमाग गड़बड़ कर दे या भुला दे—कहा नहीं जा सकता।

''क्या यमुना किसी पर विश्वास करती थी? किसी व्यक्ति को?'' नूपुर पूछती है।

निर्मला कहती है—''करती थी, बहुतों पर विश्वास करती थी, जैसे निर्मला पर विश्वास करती थी—बेहद, विश्वास करती थी।'' नूपुर ने आगे यह नहीं पूछा कि वह नूपुर पर विश्वास करती थी या नहीं।

''कौन थी उसकी मित्र? सहेली मून और गार्गी—जिनके साथ परिचय हुआ था नूपुर का—कैसे हैं वे लोग?''

निर्मला धीरे-धीरे नूपुर के सब प्रश्नों के उत्तर देती है—''यमुना के परिचित और

जानने वाले अनगिनत हैं। पर बहुतों के साथ दोस्ती करने में उसे विशेष कोई आग्रह नहीं है। घर में जमघट, होहल्ला नहीं होता था—ऐसी बात नहीं। ज्यादातर निर्मला की वजह से ही होता था। यमुना का निर्मला पर बहुत भरोसा था। निर्मला ही मित्रों को बुलायेगी, खातिर तवज्जो करेगी? क्या यमुना खुद थोड़ी अर्न्तमुखी थी? नहीं। निर्मला को ऐसा भी नहीं लगता। पर यमुना को लगता था कि जमघट में बैठकर बतियाने का यह मतलब नहीं कि किसी की जी भर के निन्दा करो, और किसी और का गुणगान और थोड़ी-थोड़ी देर बाद ही न बात, न चीत। वह अचानक गाना गाने लगती। नूपुर ने यमुना को बहुत पास से देखा था, पर अब निर्मला की नज़रों से दोबारा पहचानती है। इतना पहचानती है, पर निर्मला की तरह फिर नये तरीके से देखती है। नूपुर को यह सुनकर अच्छा लगता है कि यमुना किसी भी परिवेश में अपने को खपा लेती थी सोलर साइंटिस्ट्स के साथ कठिन और गूढ़ विषय लेकर बातचीत करने को जितना महत्त्व देती थी, 'सिस्टरहुड' की कम पढ़ी-लिखी महिलाओं के साथ बातचीत करने को भी उतना ही महत्त्व देती थी। तपु, पर उतना खर्च नहीं हुआ तभी 'सिस्टरहुड' को चला पाना सम्भव हुआ। पहले-पहले यमुना को बहुत पैसे डालने पड़ते थे। सदस्यों के चन्दे से काम नहीं चलता था। अब 'सिस्टरहुड' अपने पैरों पर खड़ी हो गयी। निर्मला को बिल्कुल ऐसे ही एक संगठन की जरूरत थी और जरूरत थी यमुना की तरह एक पथ-प्रदर्शक की या मित्र की।'' सुनते-सुनते नूपुर सोचती। यह कोई नयी यमुना है, अनजानी कोई। इतने दिनों से जिसे पहचानती थी वह दीदी नहीं है, बूबू नहीं है।

आवाज़ शान्त है, दोनों की। रात के दस बजे शुरू हुई बातचीत रात के डेढ़ बजे खत्म होती है। दोनों ही लेटी हुई हैं—दो अलग-अलग देश में। बातचीत होती है एक ही व्यक्ति के बारे में—जो अब नहीं है, जो अब मृत है, वह जिन्दा लोगों को एक-दूसरे से घनिष्ठ करती रहती है—अपना बना लेती है। जो गुज़र गयी है जैसे तो वही सचमुच की जीवित है। और जिन लोगों को उससे प्यार है, वही आज शोक में डूबे हुए हैं मृत जैसे—वे ही जैसे मृत हैं।

निर्मला से यमुना के जीवन बिताने की बातें सुनते-सुनते नूपुर को लगता है जैसे बहुत सारे वर्षों की दूरी को लाँघकर दो देशों के बीच के कँटीले तारों को तोड़कर यमुना हवा से भी तीव्र वेग से, रोशनी से भी तेज रफ्तार से सबको पीछे छोड़कर सब चीजों को पैरों से रौंदती हुई सामने आ खड़ी हुई है। लग रहा है जैसे यमुना इसी घर में है। लगता है जैसे यमुना इस घर में ही है। इसी घर में ही जैसे दोनों बहनें बचपन और किशोरावस्था के वे दिन गुज़ार रही हैं। यमुना जैसे पास थी पहले वैसे ही पास आज भी है। लगता है अब भी नूपुर उसकी बातें सुन रही है जैसे पहले सुनती थी। नूपुर का जीवन ही 'यमुनामय' था। जनमते ही उसने नूपुर को देखा,

अपने बचपन, अपनी किशोरावस्था, यौवन काल में बहुत कुछ सीखा उससे—शायद सभी कुछ। जो कुछ भी सीखा शायद वह पूरा का पूरा वह सब अपने जीवन में प्रयोग नहीं कर पायी—तो क्या हुआ? मन के अन्दर सोयी हुई है आज भी, नूपुर को विश्वास है—ज़रा सा झकझोरा तो धड़धड़ाकर बाहर निकल आयेगा सब सीखा हुआ, युद्ध के सैनिकों की तरह। सिर्फ यमुना ही तो नहीं थी, सगे-सम्बन्धी सभी थे। लेकिन नूपुर के जीवन में यमुना की उपस्थिति जिस तरह थी, वैसी और किसी की नहीं। यमुना आविष्कार करती थी, नयी बातें करती थी और नूपुर उन्हें ग्रहण करती। शायद हर समय उसके विचार ग्रहण नहीं भी करती थी, बहस करती, लेकिन मन ही मन उसको यह मानना ही पड़ता था—यमुना जो कुछ भी कहती है, उससे नूपुर सोचने पर मजबूर होती है। बहुत-सी बातों को नूपुर रिजेक्ट करके उठाकर फेंक देती हो जैसे। पर उसके फेंके हुए विचार ज्यादा दूर तक जाकर नहीं गिरते। एक समय उनको उठाकर चुनकर लाना पड़ता है। फिर अकेले में बैठकर चुनकर लाये उन विचारों को उलट-पलट कर देखना पड़ता है। वे दिन तो जैसे उसकी मुट्ठी में बन्द हैं। वे दिन! एक साथ बड़े होने के दिन। यमुना बातों-बातों में अकसर उन्हीं दिनों की बातें किया करती थी। उसे देखकर लगता जैसे वह किसी तरह के नशे से घिरी है—कहती थी—चाहे जैसे भी हो, जिन्दगी में अगर जा सकूँ तो ब्रहमपुत्र के किनारे बने उस मकान में मैं जाकर रहूँगी। पहले की तरह फिर से बाबूजी, माँ, वह इनोसेंट बड़ा भाई और बुद्धू नूपुर को उसी घर में पाना चाहती हूँ—ये सब मुझे चाहिए ही। नूपुर ने कहा है—"जो चला गया, वह चला गया। अतीत से इस तरह बँधकर न रहो। बड़े भाई भी अब वैसे इनोसेन्ट नहीं रहे—और मैं ही वैसी बुद्धू।" यमुना ने हँसकर कहा था—"दरअसल सुख की स्मृतियाँ कहने को मेरी इतनी ही हैं। तभी तो झाड़-पोंछकर, उलट-पलट कर उन स्मृतियों को जिन्दा रखती हूँ।"

यमुना की बातें करते-करते निर्मला रो पड़ी थी। नूपुर नहीं रोयी। उसे महसूस हुआ जैसे एक बहुत बड़े पत्थर के नीचे वह दब गयी है। सीने के ऊपर एक बहुत बड़ा पत्थर—चाहकर भी उस पत्थर को धकेल कर हटाया नहीं जा सकता।

दूसरे दिन नूपुर ढाका के एक होटल में जाकर ठहरी थी। नईम के घर नहीं ठहरी। उसने नईम को यह नहीं बताया कि वह ढाका में ही है। उसका मन ही नहीं हुआ बताने का। आखिर में जो बातचीत हुई दोनों के बीच, उससे नईम के आमने-सामने होना नूपुर को सही नहीं लगा।

"सुन, मैं ही जाऊँगा, तुझसे ऑफिशियल मामले नहीं सँभलेंगे। उसका ऐड्रेस बता।"

"'ऑफिशियल मामले' का मतलब?"

"डेथ सर्टीफिकेट निकलना। बैंक से रुपया-पैसा ट्राँसफर करना। घर वर जो

भी है, उसे बेचना। माल-असबाबों को सॉर्टआउट करना, बॉडी को मेडिकल में देना, कई तरह के काम हैं। तुझसे ये सब नहीं होगा। वहाँ तो लोग लूटकर खाएँगे उसका सब कुछ।''

''मैं कर लूँगी सब। तुम्हें इतनी चिन्ता करने की जरूरत नहीं। वहाँ मेरी मदद करने वाले लोग हैं।''

''तू तो ऐसा दिखा रही है जैसे तो यमुना पर तेरे अकेले का अधिकार है। पर ऐसा नहीं है। यमुना की जायदाद, रुपये-पैसे का हिस्सा कानूनन मुझे मिलेगा। मैं भाई हूँ। भाइयों को ही मिलता है, बहनों को नहीं। ला उसका ऐड्रेस दे।''

''यह मत भूलो कि उसकी एक बेटी है। जो मिलेगा उसकी बेटी को मिलेगा। और बूबू अगर विल करके गयी होगी, तब तो कोई समस्या ही नहीं। इस देश में विल न भी चले तो भारत में तो चलता है। बाबूजी का तो सब ले लिया तुमने। अब बूबू के रुपये-पैसों का लालच न करो। उसकी बेटी को कुछ पाने दो। तुम्हारे लोभ-लालच की वजह से पिता की सम्पत्ति का कुछ भी हम दोनों बहनों को नहीं मिला। अब तपु को भी वंचित मत करो। तुम मर्द लोग बहुतेरे कायदे-कानून जानते हो। बूबू के पास अगर कुछ है, वैसे कुछ था भी कि नहीं या उधार से उसका काम चलता था—तुम सब कुछ हड़प लोगे—तुममें यह क्षमता है। पर दया करके अब निजात दो। लैट हर रेस्ट इन पीस।''

''उसका 'पीस' मैं नष्ट नहीं कर रहा। जितनी मर्जी 'पीस' भोगे वह। लेकिन कानून नाम की भी कोई चीज है। लीगली अपनी बहन के 'हेयर अबाउट्स' जानने का जो मेरा राइट है, उसे तू वायोलेट नहीं कर सकती। आज वह 'डैड' है। अब मेरी यह जिम्मेदारी है कि उसे कब्र देने/दफनाने का बन्दोबस्त करूँ। भाई होने के नाते यह मेरी ड्यूटी है। उसकी बेटी इंडिया में नहीं है, इसीलिए मरने के बाद के रीत-रिवाज जो करने होते हैं, मुझे ही करने होंगे।''

''सॉरी, बूबू कहकर गयी है, लिखकर गयी है। बॉडी से जो ऑरगन निकालने थे वे भी निकाल लिए गये हैं। अब सिर्फ बॉडी को मेडिकल में देकर आना है। वही करने जाऊँगी। बस सिर्फ एक बार उस चेहरे को, हाथ को छूना है।''

नूपुर की आवाज़ भर आती है।

''वह सब करने के लिए तुझे अकेले क्यों जाना होगा? मैं साथ चलूँगा। और अगर तू अकेले ही जाती है तो फिर तेरा कोई और उद्देश्य होगा जरूर।''

''तुम चाहे जो कहो बड़े भैया, मैं तुम्हारे साथ नहीं जाऊँगी।''

''यमुना के ऐड्रेस का पता लगाना मेरे लिए दो मिनट का काम है। तू क्या सोचती है कि कलकत्ता शहर में मेरे लोग नहीं हैं? यमुना कहाँ रहती थी। क्या करती थी, तू सोचती है यह मेरे कानों तक नहीं पहुँचा। मैंने तुम लोगों को कुछ

भी नहीं बताया लेकिन मुझे सब पता है। वहाँ पर उसके सब किये-धरे की कहानी मेरी जानकारी में है। दो मिनट लगेंगे।''

''अच्छा है। दो मिनट में तुम उसका पता-ठिकाना निकाल कर उसके घर पहुँचो। तुम्हारी बहन मरी पड़ी है। जाओ, उसकी सम्पत्ति, रुपया-पैसा जो कुछ है ले आओ। तुम्हारे काम आयेगा। अगर मैं जाती हूँ, मैं उसे बूबू को एक बार आखिरी बार के लिए देखने को आऊँगी। सिर्फ आँखों से देखना है मेडिकल के चीर-फाड़ से पहले।''

नूपुर फोन रख देती है। उसे डर लगता रहता है। ऐसा कोई भी काम नहीं जो नईम नहीं कर सकता। नूपुर का जी करता है वह भाग जाये कहीं। नईम जो साँस ले रहा है—उसमें से लपटें निकल रही हैं—किसी को भी जला कर राख कर दें। वह खुद अपने को ही बार-बार कहती रहती है—परिवार का सदस्य होने से ही उसे परिवार के किसी की मौत की खबर देनी ही चाहिए—इस बात में कोई तर्क नहीं।

खुद को इस सबसे बचाने के लिए वह चुपचाप किसी को खबर किये बिना देश छोड़ने का मन बना लेती है। किसी को नहीं बताती कि वह कब जा रही है, कहाँ जा रही है। ढाका में सिर्फ नईम के ही नहीं, नूपुर के भी चाचा, मामा, चचेरे, मौसेरे भाई-बहनों के घर हैं। वह कभी भी किसी के घर नहीं ठहरती। यमुना कब गुजर गयी? क्यों मरी? देश क्यों छोड़ दिया था? बिना शादी किये ही उसने तो बच्चा गोद लिया था, बच्चे का बाप कौन था—यह सब प्रश्न पूछकर सारे नाते-रिश्तेदार नूपुर की ओर मुँह बाये देखते रहेंगे, यह नूपुर को मालूम है। बहुत दिनों से वह विदेश में रह रही है—पर इसका मतलब यह नहीं कि वह अपने देश के लोगों के बेइन्तहा कौतूहल की बात भूल गयी है। नूपुर का पासपोर्ट अमरीकी है। भारत का वीसा मिलने में उसे देर नहीं लगी हालाँकि उसे वीसा की लम्बी लाइन में बहुत देर तक खड़े रहना पड़ा था। सब कुछ उसने खुद अकेले ही किया, किसी से मदद नहीं माँगी। कई साल हो गये, नूपुर किसी काम के लिए भी किसी से सहायता नहीं लेती।

जिस दिन जाना था उसे, उस दिन शीशे के सामने खड़ी होकर उसने खुद को देखा। माथे के इर्द-गिर्द कुछ सफेद बाल। दोनों उँगलियों से खींच-खींचकर नूपुर एक-एक कर सफेद बाल उखाड़कर फेंकती रही। नूपुर के सफेद बाल देखकर यमुना जरूर सोचेगी कि काफी बूढ़ी हो गयी है नूपुर। हमेशा अपनी छोटी बहन को बचपन की छोटी बहन की तरह ही देखना चाहती है वह। छोटी बहनों की भी उम्र बढ़ती है, वे पचास पार करती हैं—यह बात वह यकीन ही नहीं कर पाती कई बार। नूपुर ने अच्छी-सी एक साड़ी पहनी, यमुना को जैसी साड़ी पसन्द है, वैसी। काफी देर तक सजती-सँवरती रही। होठों पर लिपस्टिक लगायी, माथे पर लाल बिन्दी लगायी, आँखों में काजल लगाया, भौंहें बनायीं, चेहरे पर मॉइस्चराईज़र लगाया, फिर फाउंडेशन

पाउडर। पूरे शरीर पर पर्फ्यूम स्प्रे किया। शीशे के सामने खुद को हर तरफ से जब देख रही थी–तो वह नूपुर की आँखों से नहीं यमुना की आँखों से देख रही थी। नूपुर को देखकर यमुना जरूर खुश होगी। वह अवश्य ही अपनी वह असाधारण मुस्कान बिखेरेगी। अचानक नूपुर चौंक उठती है। वह यह सब क्या सोच रही है? वह क्या सोचकर इतनी देर तक सजती रही।

यमुना तो नहीं है। उसके गले से एक तड़पती चीख निकलती रहती है। वह अपनी दोनों हथेलियों से अपना मुँह दबा लेती है। बिस्तर पर औंधी लेट जाती है।

होटल के कमरे में फोन बज उठता है, नीचे टैक्सी खड़ी है–एयरपोर्ट जाने के लिए टैक्सी।

यमुना के गुज़र जाने के तीन दिन बाद नूपुर बंगलादेश के हवाई जहाज पर बैठ आधा घंटे की उड़ान के बाद कलकत्ता पहुँची। निर्मला को पहचानने में नूपुर को कोई असुविधा नहीं हुई।

हिम घर/बर्फ का कमरा/मौर्ग

बर्फ के कमरे में/हिमघर में लेटी हुई है यमुना। आँखों के सामने उसके मृत शरीर को देखकर नूपुर को लगता रहता है, यह सच नहीं, यह घटित नहीं हुआ। यमुना है, जिन्दा है यहीं कहीं। यह मृतदेह, यह बर्फानी कमरा/मौर्ग—यह सब कुछ कहीं और घटित हो रहा है, स्वप्न में या किसी दूसरे जगत में। इस दुनिया के वास्तव से इसका कोई सम्बन्ध नहीं। "नूपुर तू आ गयी? आखिर बार आ ही गयी। आ पास आ और पास।" नूपुर यमुना का स्पर्श अनुभव करती रहती है। दोनों बाँहें फैलाकर उसे सीने से लगा लेना। अब कौन उसे उस तरह गले से लगाता है? कितना समय बीत गया उसे वह स्पर्श मिले। कौन उसे अब बाँहों में भर लेता है यमुना की तरह। यह पूरी दुनिया एक चरखी की तरह घूम जाती है। थोड़ी देर को शान्ति रहती है। फिर घूमती है, फिर शान्त होती है। एक मृत्यु को जैसे सौ-सौ मृत्यु की तरह महसूस करती है वह। जैसे तो वह किसी शहर के 'कैटोकौम्ब' के बीच में से चल रही है। दोनों किनारों पर लाखों मनुष्यों के नरमुंड और हड्डियों के ढेर रखे हैं, नूपुर बीच के सँकरे अँधेरे रास्ते पर चल रही है, कहीं पर भी कोई बत्ती लेकर उसके लिए नहीं खड़ा है।

हिमघर/मौर्ग में यमुना का शरीर वैसे ही पड़ा है जैसे पड़ा था पहले। नूपुर यमुना के बेहाला वाले मकान में लौट आती है। कलकत्ते में यमुना से मिलने जब नूपुर आयी थी, उस समय यमुना जादवपुर की तरफ कहीं रहती थी। बेहाला के इस घर में आने के लिए नूपुर ने उसे जाने कितनी बार कहा है। अब आयी ही। बस सिर्फ यमुना ही देख न पायी उसका आना। कलकत्ते में यमुना बीस साल रही। इन बीस सालों में नूपुर बीस बार से भी ज्यादा बंगलादेश में आयी। ढाका या मयमनसिंह में समय बिताया, लेकिन सिर्फ दो ही बार यमुना के साथ मिलने आयी, एक बार त्रिवेन्द्रम में और एक बार कलकत्ते में। फोन पर जितनी बार बात हुई है यमुना ने कहा, "टिकट भेज रही हूँ चली आ। दोनों बहनें मिलकर कुछ दिन साथ बितायें। तुझे यहाँ बहुत अच्छा लगेगा—देखना। तुझे बहुत-सी जगह घुमाने ले जाऊँगी। पहाड़ अच्छे नहीं लगते तुझे!"

ऐसे प्रश्नों के जवाब में नूपुर कहती–"नहीं रे, जय का पेट खराब है या बुखार हुआ है, या जय का स्कूल है जल्दी ही न्यूयार्क लौटना पड़ेगा या फिर समय ही तो नहीं मिल रहा या तुम्हारे साथ तो फोन पर या नैट पर बातचीत हो ही जाती है, या इतनी गर्मी में और कहीं जर्नी करने की इच्छा नहीं हो रही। इस बार रहने ही दो। अगले साल जरूर आऊँगी। और तुम तो न्यूयार्क जाओगी ही, तब तो मिलना होगा ही–ऐसा कहा। यमुना के आवेग-उत्साह के उफनते पानी में राख डाल दी है उसी अपराध-बोध ने आज नूपुर को स्तब्ध करके रखा। उसकी उस स्तब्धता को निर्मला हलके से छूती है।

"इतना क्या सोच रही हो?"

नूपुर उदासी से सिर हिलाती है–"नहीं, कुछ नहीं।"

वह निर्मला की तरफ देखती है कितनी उम्र होगी इसकी? शायद चालीस के आसपास। लम्बे घने बाल पीठ पर फैले हुए। गोरा चेहरा। काली किनारे वाली सफेद साड़ी पहने, माथे पर बड़ी सी लाल बिन्दी। लम्बाई में नूपुर से छः इंच कम। नूपुर और यमुना दोनों ही पाँच फुट साढ़े आठ इंच हैं। दोनों ही छरहरी। दोनों ही ध्यान आकर्षित करती हैं, पर यमुना ज्यादा ध्यान खींचती है। आज ही नहीं बहुत पहले से।

निर्मला कहती है–मैं समझ रही हूँ तुम्हें तकलीफ हो रही है। मुझे क्या कम तकलीफ हो रही है? नूपुर नहीं जानती कि जिन लोगों ने यमुना को बचपन, किशोरावस्था और यौवनावस्था में नहीं देखा, उनका दुःख, उनकी तकलीफ वाकई कोई कष्ट है भी या नहीं?–कोई गहरा कष्ट! कोई गहरी तकलीफ।

यमुना के कई मित्र और सहकर्मी घर में आते हैं। ड्राइंगरूम में बैठे चाय पीते हुए वे लोग यमुना की बातें ही करते रहते हैं। यमुना कैसी थी, क्या थी, अचानक ऐसा कैसे हो गया, अच्छे लोग ही क्यों ऐसे पहले चले जाते हैं। यमुना के न रहने का दर्द, और उसकी भूरि-भूरि प्रशंसा उन लोगों के स्वर को भावुकता से भर देती है। चारों तरफ का परिवेश नया है, लोग नये हैं, भाषा एक होने पर भी उच्चारण अलग है। नूपुर ज्यादा सुन ही रही है। उनके कुछ मामूली प्रश्नों के उत्तर देती है उदास चेहरे से। नूपुर की बात सब लोगों ने यमुना से ही सुनी है। नूपुर को देखने की सभी की इच्छा थी। उससे मिलने को अवसर सभी पाना चाहते थे। नूपुर के दुःख में उसे सान्त्वना देने ही तो सभी आये थे। नूपुर बिल्कुल दीदी की तरह दीखती है। दीदी कितना प्यार करती थी नूपुर को। कुछ दिन पहले आती तो मिल लेती। यमुना कितना खुश होती। आह, कितनी तकलीफ होती है। कुछ लोग ऐसी बातें कहते हैं।

धीरे-धीरे भीड़ कम होती रहती है। नूपुर गूँगी नजरों से दरवाजे, खिड़की,

किताबों-कागजों, कुर्सी-मेजों, बिस्तर-तकिये की तरफ ताकती रहती है। इस घर में कुछ दिन पहले तक एक इनसान था, आज वह इनसान नहीं है। वह फिर कभी लौटकर नहीं आयेगी। कभी जिन्दगी को नहीं जियेगी—पहले की तरह। रात का खाना मेज पर रखकर निर्मला नूपुर को बुलाती है। नूपुर चाय तो पी लेती है। सब्जी-चावल खाने का मन नहीं होता उसका। पुराने दिन कोहरे की तरह उसके दिमाग पर छाये रहते हैं। यादें जकड़ लेती हैं। उदास होती रहती नूपुर। पूरी रात उनींदी निर्मला के प्रश्नों के जवाब में हूँ, हाँ के सिवाय और कुछ नहीं बोलती। जो साड़ी पहनकर आयी, वही पहनकर लेटी रहती है। मुँह-हाथ धोना, घूमघाम कर घर देखना, निर्मला के साथ बातें करना—ये सब वह कुछ भी नहीं करती। निर्मला उसे बाधा नहीं देती। किसी-किसी का शोक मनाने का तरीका, बिल्कुल अपना, बिल्कुल अगल होता है। नहीं खाऊँगी, नहीं सोऊँगी, बात नहीं करूँगी निर्मला का आचरण ऐसा नहीं है। निर्मला रोज सुबह सवेरे यमुना की तस्वीर पर ताजे फूलों की माला पहना देती है। दो मंजिले के बरामदे में बैठकर पहले जैसे गाना गाती थी, अभी भी वैसे ही बैठकर गाना गाती है। पास पड़ी हुई यमुना की कुर्सी वैसे ही पड़ी रहती है। इसके बाद नहाकर निर्मला ऑफिस चली जाती है। शाम को लौटकर बच्चों को पढ़ाने बैठती है। चंडीतला से पचास-साठ पाँच-छह की उम्र की गरीब बच्चियाँ आती हैं निर्मला के घर। निर्मला उन्हें अँग्रेजी, गणित और साइंस पढ़ाती है। पढ़ाना खत्म होने के बाद किसी दिन रोटी बिस्किट, किसी दिन अंडा केला खाने को देती है। यह काम यमुना ने ही शुरू किया था। आखिरकार निर्मला पर ही यह जिम्मेदारी आन पड़ी है। यमुना ने कहा था—उसकी अनुपस्थिति में भी यह पढ़ाने का काम ऐसे ही चलता रहे इस घर में। नूपुर ने पूछा था—सिस्टरहुड ने तो जिम्मेदारी ली ही है—गरीब बच्चों को पढ़ाने की। तो फिर घर में वैसा ही काम चलाते रहने की क्या जरूरत है? निर्मला का कहना है कई लाख स्कूल खोलने पर भी कुछ करोड़ गरीब बच्चे बचे रह जाते हैं जिनको पढ़ाई-लिखाई करने का मौका नहीं मिलता। यमुना के सब आदेश-उपदेश निर्मला ने सिर झुकाकर मान लिए हैं। इतनी मुश्किल समय में भी घर में बच्चियों को पढ़ाने का काम नहीं छोड़ा। हालाँकि यमुना का चले जाना और नूपुर का आना—इन दो कारणों से निर्मला को ऑफिस जाना बन्द करना पड़ा है।

दूसरे दिन बिस्तर से उठकर नूपुर पूरा घर देखती है, चलकर। पीले रंग का दो मंजिला मकान। ऊपर की मंजिल में तीन सोने के कमरे। दक्षिण की ओर बरामदा। नीचे की मंजिल पर ड्राइंगरूम, किचन, खाने का कमरा, सामने और पीछे दो बरामदे। सामने के बरामदे के पार फलों का बगीचा। और पीछे के बरामदे के बाद सब्जी का बगीचा/खेत/फूल, फल और सब्जी के बाग देखकर नूपुर के दिल में एक हूक-सी उठती है। जैसे तो यह बगीचा कलकत्ते/कोलकाता के किसी घर का

बगीचा नहीं है, यह ब्रहमपुत्र के किनारे बसा किसी घर का बगीचा है। बिल्कुल ऐसे ही उसकी माँ, यमुना की माँ बागवानी करती थी। बिल्कुल यही फल के पेड़ और फूल थे और सब्जियाँ थीं उनके बगीचे में। नूपुर अनमनी-सी चलती रहती है। भोर की हवा उसका आँचल उड़ाती है, उसे बार-बार छू जाती है। क्या यह ब्रह्मपुत्र की ओर से अचानक बहने वाली हवा है? भोर की वेला कितनी सुन्दर लगती है। कितने दिन हो गये नूपुर ने भोर नहीं देखा। आँखें बन्द करने पर ही जैसे सुनायी देता है, पीछे से यमुना बोल रही है, "कितने दिन बाद आयी तू नूपुर। तू आयी तो कितना अच्छा लग रहा है। गृहप्रवेश की रस्म आज तक नहीं हुई। सोचा था तेरे आने पर करूँगी। आज हम लोग चाय और भुने मुरमुरे खाते-खाते बहुत गप्पें करेंगे ठीक है न? आज में ऑफिस नहीं जाऊँगी। तू आयी है तेरे साथ सारा दिन तुझे लेकर सारी रात..." नूपुर सब्जी के बगीचे से उठकर रसोई के फ्रिज की तरफ आती है। प्यास लगी है, उसे पानी चाहिए। उसने देखा नहायी हुई तरोताजा निर्मला सफेद साड़ी काले बॉर्डर वाली, माथे पर काली बिन्दी, चेहरे पर मुस्कुराहट, दरवाजे-खिड़कियाँ सब खोल देती है। फिर आँगन की ओर चल देती है, लौटती है आँचल में फूल भर के। रसोई की बगल में बने एक छोटे से पूजा घर में गयी। नूपुर दरवाजे पर खड़े-खड़े देखती रही। निर्मला का पूजा घर, छोटी-छोटी काँसे की कटोरियाँ, गिलास, गुड़हल के फूल, मोतिया के फूल। छोटी-छोटी तरह-तरह की मूर्तियाँ, पास रखी है यमुना की एक फोटो। मूर्तियों के सामने ताजे फल रखे हैं, यमुना की तस्वीर के सामने भी। तस्वीर के ऊपर माथे पर चन्दन और सिन्दूर का टीका। दोनों हाथ जोड़े निर्मला मंत्र उच्चारण किये जा रही है। चुपचाप वहाँ खड़ी होकर नूपुर थोड़ी देर यह पूजा देखती है। फिर आँगन की ओर जाकर चहलकदमी करने लगती है। धर्म-कर्म को कभी नहीं माना यमुना ने और उसी के ही घर में देवी-देवताओं की भीड़। अपनी प्रशंसा-गुणगान उसे कभी पसन्द नहीं था। और देखो, उसी के घर में उसी की पूजा की जा रही है। नूपुर को पता नहीं लगता यह सब कब हुआ, कैसे हुआ? यह घर कैसे चलेगा? इस घर में धर्म-कर्म चलेगा कि नहीं—यह सब बातें क्या दूसरे लोग तय करेंगे? यमुना को तय नहीं करना था? तो क्या, आखिर के दिनों में यमुना अपने विश्वास से दूर हट गयी थी?

हरसिंगार के फूलों की खुशबू से सारा मोहल्ला झूम उठता है। नूपुर हरसिंगार के फूल चुनती है। दूर चले गये बचपन में ब्रह्मपुत्र के किनारे के उस घर के सामने वाला हरा-भरा मैदान, हरसिंगार के फलों से ढका सफेद हो जाता था। नूपुर और यमुना भोर की वेला में हरसिंगार के फूल चुनती थीं। फूल चुनते समय कहीं से गाने का सुर तैर कर आता है। सुर का पीछा करते हुए वे दोमंजिले के बरामदे में बैठी निर्मला के पास आ पहुँचती हैं। और उसका गाना सुनती रहती है। सुबह की ठंडी

बयार, चारों ओर हरियाली और निर्मला का वह गीत—''अग्नि की पारसमणी से छुओ प्राण मेरे।'' नूपुर पास पड़ी कुर्सी पर बैठ जाती है—यमुना की कुर्सी पर।

गाना खत्म होने पर नूपुर मुग्ध स्वर में कहती है—वाह तुम तो बहुत अच्छा गाती हो!

''सीखती थी, कभी बचपन में।'' निर्मला के चेहरे पर मीठी मुस्कान।

''संगीत की चर्चा रखी है?''

''...हाँ, वह तो रखी है। यमुना दी की फरमाइश और कहने पर गाते-गाते अब तो गाना 'रिचुयल' सा हो गया है। जैसे बिना गाये दिन ही नहीं शुरू होगा। करीब दो साल हो गये हैं, इस बरामदे में बैठ कर सुबह-शाम गा रही हूँ। यमुनादी ठीक यहीं बैठती थीं। आज तुम बैठी हो वहाँ। तुम दोनों देखने में इतनी मिलती-जुलती हो।''

''अरे, कह क्या रही हो। हम तो यही जानते हैं कि देखने में हम बिल्कुल नहीं मिलते हैं।''

''मुझे तो दीख रहा है।''

''मैं और बूबू दोनों यही जानते थे कि हम दोनों में कोई मेल नहीं है। बाहर वालों को शक्ल सूरत मिलती है, क्यों लगता है पता नहीं। खैर बूबू को गाना तो बचपन से ही भाता था रवीन्द्र संगीत। गाती भी तो थी।''

''मैं जब गाती थी, तो सिर्फ गुनगुनाती थी, गला खोलकर कभी नहीं गाती थी।''

''एक और गीत गाओ न, सुनूँ जरा। वह वाला—वह गाना गाओ न। यमुनादी को मतलब बूबू बहुत पसन्द करती थी वह गाना। शान्तिदेव घोष की आवाज़ में यह गीत बेहद अच्छा लगता था। बिना किसी साज-संगीत के बूबू गाती थी। यह गीत मैंने कितनी बार गाकर सुनाया है यमुनादी को।''

निर्मला गाना शुरू करती है यह गीत सुनकर वह एक बार फिर ब्रह्मपुत्र के पानी में तैरने लगती है। गाना गाते-गाते ही निर्मला नूपुर का एक हाथ अपने हाथ में ले लेती है। गीत की फिसलती सीढ़ियों पर चलती हुई दोनों ही जैसे यमुना के पास पहुँच जाती हैं, कम से कम उन्हें लगता तो ऐसे ही है। मनुष्य कितनी दूर चला जाता है, फिर भी लगता है जैसे हाथ बढ़ाकर ही उसे छू भर लेने की दूरी पर ही है वह।

गीत खत्म होते ही हाथ की पकड़ ढीली पड़ जाती है। नूपुर पूछती है।

''तुम्हारे पास सुई-धागा है?''

''क्यों, भाई?''

''हरसिंगार फूलों की माला बनाऊँगी।''

निर्मला हँसकर कहती है, ''मुझे दो, मैं बना देती हूँ।''

"यमुनादी भी ठीक इसी तरह हरसिंगार की माला बना देने को कहती थी।"

"तुम दोनों इतनी मिलती हो, एक-दूसरे से जितना और कोई नहीं।"

"और तुमसे? कोई मेल न था?" नूपुर पूछती है।

निर्मला हँसते-हँसते कहती है—"पागल हो गयी हो क्या? अपनी दीदी को नहीं पहचानती? मैं और तुम्हारी दीदी? बिल्कुल अलग है—उत्तरी और दक्षिणी ध्रुव।"

"दो ध्रुवों के वासी होते हुए भी कैसे इतने अर्से तक एक साथ रह पायीं? झगड़े नहीं होते थे?"

"कब्भी नहीं। क्योंकि हम जानते थे हम दो मेरु के वासी हैं। हमने कभी एक-दूसरे को कनवर्ट करने की कोशिश नहीं की।"

"कॉमन ग्राउंड्स क्या थे? कुछ तो होंगे ही, नहीं? कुछ तो जरूर होगा। या फिर न होने पर भी चलता है। शायद जिन लोगों के साथ उसके विश्वास और आदर्श का मेल था, उन लोगों के साथ भी देखा, यमुना की बहुत बहस और झगड़ा चलता था, पर मेरे साथ यह सब कुछ नहीं करती।"

"हो सकता है तुम खुद को उसके विचारों में ढाल के चलती थीं।"

निर्मला कहती है—"अगर सब परिस्थितियों में खुद को ढाल के चलना मेरा स्वभाव/चरित्र ही है तो फिर वह बिल्कुल 'इनबिल्ट' ही है। तुम्हारी दीदी के लिए मैंने खासतौर पर अपने को नहीं ढाला।"

निर्मला उठकर जाती है, सुई-धागा लेकर हरसिंगार के फूलों की माला बनाती रहती है।

नूपुर पूछती है—"बूबू तुमको सब बातें बताती थीं?"

"सब बताती थी या नहीं, यह तो नहीं पता, पर बहुत कुछ बताती थी। क्यों पूछ रही हो?"

"नहीं, ऐसे ही। तुम्हारी और बूबू की जान-पहचान कितने दिन की है?"

"करीब सोलह साल।"

"बहुत दिन की है?"

"हाँ, बहुत दिन की।"

"अच्छा तुम बूबू को यमुना कहकर बुलाती थीं या यमुनादी?"

"कभी यमुना कभी यमुनादी, कभी नदी, कभी कुछ भी जो मर्जी।"

"तुम तो बूबू से उम्र में बहुत छोटी हो?"

"उससे, क्या? उम्र तो एक धागा भर है चाहो तो लाँघ लो। प्यार में उम्र क्या है जी?"

नूपुर के होंठो में हल्की मुस्कान। उसे बहुत अच्छा लग रहा है, यह देखकर कि एक जीता-जागता व्यक्ति उसकी बड़ी बहन की बात सोच रहा है, उससे प्यार कर

रहा है। ऐसा भी तो हो सकता था कि नूपुर खबर पाकर दौड़ती हुई आयी और देखा कि यमुना का जीवन बिल्कुल अकेलेपन से भरा था, न कोई प्यार करने वाला, न कोई पास बैठने वाला, न बात करने वाला, न हाथ पर हाथ रखने वाला, यमुना मरी पड़ी है, शरीर सड़-गल गया, बदबू आ रही है। पुलिस का जमादार आता है। कहीं पर देह को फेंक आता है। प्यार है ही बहुत अच्छी चीज। आँखें बन्द करते समय भी निश्चिन्त होकर आँखें बन्द की जा सकती हैं। कोई एक जना रह गया मेरा, मेरे पीछे, यह अनुभूति नुपूर को पता है—कोई भी न रहने की स्थिति कितनी दमघोंटू और तकलीफदेह है।

जैसे अपने शरीर को साफ-सुथरा रखा है वैसे ही, घर-आँगन भी साफ-सुथरे चमकते हुए। शायद उसकी अवचेतन में भी नूपुर की तरह एक विश्वास बना हुआ है कि यमुना है कहीं न कहीं, शायद घर के बाहर गयी हुई है थोड़ी देर के लिए, लौट आएगी, अभी-अभी न भी लौटे, किसी न किसी दिन जरूर लौटेगी। निर्मला के साथ शायद काफी सुख से थी यमुना, नूपुर सोचती है। कोई एक जो पास है जिसको मुझसे प्यार है—इससे बड़ी बात और क्या हो सकती है जिन्दगी में। साथ तो कितने लोग रहते हैं। नूपुर के साथ तो शौकत कितने लम्बे समय के लिए था। वैसे साथ से तो अकेले रहना अच्छा है। जो प्यार नहीं करता, उसके साथ एक मकान में, एक ही कमरे में साल-दर-साल समय बिताने से ज्यादा भयंकर और कुछ भी नहीं है।

बहुत दिनों से हमारे बीच कोई बातचीत नहीं हुई है।

कबूतरों के उड़ने-मँडराने, पेड़ों की पत्तियों का हवा में थिरकने की ओर नूपुर ताकती रहती है, उदास। हरसिंगार की माला नूपुर को पकड़ा कर निर्मला कहती है— मैं भी मन ही मन तुमसे रूठी हुई थी। मैंने बहुत बार उससे पूछा भी था—नूपुर के साथ तुम्हारी बातचीत हुई है? वह कहती थी—नः वह बहुत मसरूफ रहती है। उसके पास क्या मुझसे बात करने का समय होगा?

"एक बार फोन तो कर ही सकती हो, बिज़ी है तो क्या हुआ, तुम्हारे साथ दो मिनट बात करने का समय नहीं मिलेगा उसे? आदमी क्या चौबीसों घंटे व्यस्त रहता है? तुमसे ज्यादा बिज़ी तो मैंने और किसी को नहीं देखा है।"

"तो क्या नूपुर तुमसे भी ज्यादा बिज़ी है?"

मैंने कहा, "लेकिन यमुनादी ने क्या मेरी बात कभी मानी?"

"उसे जो ठीक जँचा वहीं किया।" मेरे ऐसा कहने पर लम्बी साँस लेकर बोली थी—"चिकि, मेरा घर का नाम चिकि है। मुझे ज़रा भी बुरा नहीं लगेगा अगर वह कहती कि उसके पास दो मिनट का भी समय नहीं है।"

"दरअसल आखिर के दिनों में हमारी ज्यादातर बातें ई-मेल में ही होती थीं। और कोई पाँचेक साल पहले मेरे जीवन में उस तरह की एक दुर्घटना घट जाने के

बाद–तुम्हें तो जरूर पता होगा–मेरी जिन्दगी बिल्कुल बदल गयी है।''

नूपुर का एक हाथ अपनी मुट्ठी में लेकर थोड़ी गर्माहट बिखेरकर बोली, ''जानती हूँ।''

''पता नहीं, बूबू के पुराने नम्बर क्या बदल गये थे? फोन किया था मैंने क्या इसी बीच? शायद नहीं मिला मुझे।''

''यमुनादी का पुराना नम्बर तो बदला नहीं, सब पहले वाले नम्बर ही थे–अब भी हैं, लैंड, मोबाइल ओऽ। तो फिर पता नहीं क्यों?''

अपराध-बोध की एक काली चादर अचानक नूपुर को सर से पैर तक ढक देती है। उसे बहुत अकेला लगने लगता है। हरसिंगार की सुगन्ध ही बस साथ रहती है।

यमुना ऑफिस के काम से कई बार अमरीका गयी है। जितनी बार गयी है, नूपुर से बिना मिले नहीं लौटी।

''तुम तो एक बार त्रिवेन्द्रम गयी थीं। सोलर पावर प्रोजेक्ट के लिए काम करती थी यमुनादी। वहाँ तो उन्होंने सोलर पावर पर पीएच.डी. भी की थी।''

''वाह, लगता है तुम्हें तो सब कुछ मालूम है।''

''सब तो नहीं जानती, बस जितना बताती थी उतना ही।''

''सब कुछ बताती थी क्या?''

''अच्छा, केरल में कोई ईसाई व्यक्ति, अजीब-सा नाम था उसका–सोजो बरुगिज़ या बरगीज़–उससे तो शादी की भी बूबू ने। एक बार उसने बताया था कि इस देश का सिटिजन न होने की वजह से उसे काफी असुविधा हो रही है, इसलिए, अगर शादी करके सिटिजनशिप लेनी पड़े, तो वही करेगी। बूबू को शायद उसी शादी की वजह से सिटिजनशिप मिली हुई है। पता नहीं, मुझे लगा था, वह शादी बहुत कुछ कॉनट्रैक्ट मैरिज की तरह है। जाने कब की बात है यह। तब तपु छोटी थी, और जय तो पैदा ही नहीं हुआ था।''

शादी के बाद शौकत और नूपुर जब पहले पहल बंगलादेश घूमने आये, तब नूपुर की एक ही माँग थी–वह भारत में अपनी बूबू और तपु से मिलने जायेगी। शौकत ने खुद ही टिकट ला दिये थे। हवाई अड्डे में पहुँचा भी दिया था। मना नहीं किया था। त्रिवेन्द्रम में अकेली ही चली गयी थी नूपुर। वहाँ नूपुर को यमुना ने बड़े लाड़-प्यार से रानी की तरह रखा था।

निर्मला हँसकर कहती है–''हाँ वह तो ठीक है। अच्छा ही किया था न। सिटिजनशिप जल्दी ले ली थी तभी तो इतनी अच्छी नौकरी मिल गयी। कलकत्ते में तो अग्नि पावर यमुनादी के हाथों का ही बना है।''

''अच्छा? ऐसा?''

''तुम्हें नहीं बताया?''

नूपुर ने लम्बी साँस लेते हुए कहा—"बताया होगा, ठीक से याद नहीं।"

दोनों उठ पड़ती हैं। दोनों को चाय की तलब लगती है। चाय लेकर दोनों यमुना के कमरे में जाती हैं। बड़ी सी खाट/बड़ा-सा पलँग है। बड़ी सफेद चादर बिछी है। तकिये के गिलाफ भी सफेद हैं, सुन्दर। हलके नीले रंग के धागे से कढ़ाई की हुई। कमरे में चार लकड़ी की अलमारियाँ हैं। पलँग के पास छोटी मेज है। मेज पर किताबों का ढेर लगा है। बैठने के कमरे में किताबों के शेल्फ में ढेरों किताबें। इतनी किताबें कब पढ़ती थी यमुना? निर्मला सोने के कमरे की अलमारियाँ खोल कर नूपुर को दिखाती है।

"यमुनादी के कपड़े-लत्ते सब यहाँ हैं। हर समय साड़ी ही तो पहनती थीं। इसके अलावा भी दुनियाभर की छोटी-मोटी चीजें—मुझे तो पता ही नहीं क्या-क्या। अगर तुम्हें कोई साड़ी पसन्द आये तो पहन सकती हो।" नूपुर उदासी से हँसी। यमुना की जाने कितनी साड़ियाँ पहनी हैं नूपुर ने। ढाका में, त्रिवेन्द्रम में, कलकत्ते में, सब जगह। कभी यह नहीं लगा कि किसी दूसरे की साड़ी है। साड़ी पहनने के लिए कभी भी कोई इजाज़त नहीं ली। बचपन से ही यमुना की हर चीज पर नूपुर का अधिकार था। चीज़ें पड़ी रह जाती हैं मनुष्य चला जाता है। नूपुर के लिए विश्वास करना मुश्किल हो रहा था कि यमुना सचमुच चली गयी है।

नूपुर यमुना के बिस्तर में सोयी थी, कल। बिस्तर पर बैठे-बैठे पीछे तकिये की टेक लगाकर दीवार की तरफ झुककर चाय का घूँट भरते हुए नूपुर ने पूछा—तुम्हारा कमरा कौन सा है, पासवाला?

"यही कमरा। हमारे दोनों का सोने का कमरा है।"

"तुम दोनों एक ही बिस्तर पर सोते थे?"

निर्मला ज़ोर से हँस उठती है। हँसते-हँसते कहती है—"तब क्या दो बिस्तरों में सोयेंगे?"

निर्मला की निर्मल हँसी झिलमिल करती है उसके चेहरे पर। होंठों के कोने से रहस्यमयता झाँकती है।

"नहीं, दरअसल बूबू तो और किसी के साथ सो नहीं पाती थी।"

"किसने कहा सो नहीं पाती थी, खूब सो पाती थी।"

नूपुर कहते-कहते रुक गयी कि यमुना तपु के बचपन में भी उसे लेकर नहीं सोयी। बल्कि उसने जल्दी से बात बदली। क्योंकि निर्मला की वैसी हँसी नूपुर को एक अजीब अटपटेपन से भर देती है।

"बूबू उस त्रिवेन्द्रम वाले आदमी के बारे में मुझे कुछ बताती नहीं थी। अचानक एक दिन सुना वह सम्बन्ध टूट गया।"

निर्मला कहती है—"बिस्कुट खाओगी, बिल्कुल खाली पेट चाय पी रही हो?

बिल्कुल दीदी की तरह। तुम भी दूध चीनी बगैर चाय लेती हो? यमुना ठीक ऐसी ही है। चाय के साथ बिस्कुट न हो तो मेरा काम नहीं चलता। यमुनादी को मैंने कभी बिस्किट खाते नहीं देखा।''

''त्रिवेन्द्रम के उस सोज़ो की बात बतायी थी तुम्हें?''

नूपुर को याद आते हैं वे दिन। करीब बीस साल पहले की बात है। यमुना की बहन आयी है सुनकर सोज़ो भागा हुआ आया। पता नहीं कहाँ-कहाँ घूमे थे तीनों एक साथ। जहाँ तक नूपुर ने जाना-समझा सोज़ो के साथ यमुना का सम्बन्ध दोस्ती का था। दोनों ही फिजिक्स में पीएच.डी. थे।... सोलर एनर्जी पर शोध कर रहे थे दोनों।

शादी क्यों की थी? दरअसल की भी थी या नहीं कौन जाने—या फिर दोनों में प्रेम था—प्रेम-विवाह?

निर्मला चाय के दोनों खाली कप उठाकर रसोईघर में रखकर आती है, फिर कहती है—''शादी कर ली थी—ऐसा तो मालूम था मुझे। छोड़ो, पुरानी बातों को खँगालने की जरूरत ही क्या है? इस देश में कहाँ थी, कहाँ नहीं, क्या किया, क्या नहीं किया इस बारे में कोई डीटेल्स मुझे नहीं बतायी। सोज़ो की बात ज्यादा होती नहीं थी। कहती थी—बहुत स्ट्रगल कर रही हूँ। अगर किसी से शादी करने की मजबूरी हो तो उसे स्ट्रगल ही कहा जायेगा न।''

नूपुर कहती है—''लेकिन दोनों बढ़िया दोस्त थे। मैंने तो ऐसा ही देखा। एक सप्ताह थी उनके साथ। सोज़ो बूबू के साथ सारा दिन बिताता था, पर रात को नहीं ठहरता था। प्रेम-व्रेम करता तो शायद जरूर रहता।''

बहुत देर तक दोनों चुपचाप रहते हैं। निर्मला कहती है—''नहा-धो लो। कुछ ब्रेकफास्ट तो करोगी न।''

एक गठीली युवती बड़ी-बड़ी आँखें, खिचीं हुई घर में आकर बरतन माँजने और कमरे साफ करने के काम में लग जाती है। झाँक-झाँक बार-बार नूपुर को देखती है। निर्मला से पूछती है, ''यमुनादी की बहन है क्या?''

निर्मला हामी में सर हिलाकर रसोई में जाती है। थोड़ी देर बाद लौटी पूरी और तले बैंगन लेकर।

''बिस्तर में?''

''हम लोग तो ब्रेकफास्ट खाट पर बैठकर ही करते थे।''

''ओऽ। क्या खाती थी बूबू?''

''किसी दिन पूरी-दम आलू, किसी दिन पौरिज, किसी दिन रोटी और तले बैंगन, किसी दिन कॉर्नफ्लेक्स, किसी दिन कुछ भी नहीं।'' ''किसी दिन कुछ भी नहीं?''

''दरअसल यह कुछ नहीं ही ज्यादा चलता था।''

''तुम बनाती थीं ब्रेकफास्ट?''

''किसी दिन मैं, किसी दिन यमुना। पर मैं ही ज्यादातर बनाती थी। मेरे खाना बनाने की काफी प्रशंसा करती थी।''

''फिर?''

''फिर तो यमुना हड़बड़ी में उठकर ऑफिस चली जाती थी। और मैं खाना बनाकर खाना खाकर फिर ऑफिस की तरफ चल पड़ती थी। यमुना खुद ही गाड़ी लेकर चली जाती थी। मैं टैक्सी में, कभी ऑटो या बस में।''

''क्यों? ड्राइवर तो तुम्हें भी ऑफिस पहुँचा सकता था।''

निर्मला हँसकर कहती—''ड्राइवर था नहीं। हालाँकि बहुत पहले रखा था एक ड्राइवर। बिल्कुल धुत्त शराबी। मुझे बड़ा डर लगता था। मैंने ही यमुना से कहकर ड्राइवर छुड़वा दिया था। इसलिए यमुना खुद ही गाड़ी चलाती थी। इसके अलावा मेरा ऑफिस तो ज्यादा दूर नहीं है, कुल पन्द्रह मिनट का रास्ता है।''

''तुम गाड़ी नहीं चलातीं?''

''ना जी, सीखना नहीं हुआ। शाम को बाहर निकलना हो तो यमुना ही चलाती थी।''

''बाहर बहुत जाया करती थीं?''

''मेरी वजह से ही काफी बार जाना होता था। कहीं पर कोई अच्छा संगीत का प्रोग्राम हो रहा है, मुझे जाना ही है। अच्छा नाटक हो रहा है तो जाना है। हालाँकि यमुना घर बैठे किताब वगैरह पढ़ना ही ज्यादा पसन्द करती थी।''

नूपुर हँसती है। पर कहीं अन्दर एक तकलीफ भी होती है। अपनी सगी बहन क्या थी, कैसी थी वह सुनना पड़ रहा है एक अजनबी से।

पूरी और तला बैंगन बड़ा स्वादिष्ट था। खाते-खाते नूपुर पूछती है, ''बंग्लादेश क्यों नहीं जाती थी तुम्हारी यमुनादी, कभी कुछ कहती थी इस बारे में?''

''नहीं, वैसे खास कुछ नहीं कहती थी—उस देश में तो अब कोई नहीं है। तुम हो, लेकिन तुम तो देश में नहीं थीं।''

''और कुछ नहीं कहती थी? जैसे तपु के पिता की बात? तपु के पिता के साथ उसकी शादी जो नहीं हुई, ऐसा कहा। और कुछ नहीं कहा?''

''और क्या कहेगी?''

''तपु कभी अपने पिता के बारे में जानना चाहती है?''

निर्मला भौंहें सिकोड़कर कहती—''पिता? अचानक पिता कहाँ से आ गये?''

''क्यों? नहीं आ सकते क्या?'' नूपुर कहती है।

''तपु ने बचपन में जानना चाहा या नहीं, यह मुझे नहीं पता। मैं जब से हूँ, मैंने ऐसा कुछ नहीं सुना। यमुना ने एक बार कहा था, बचपन से ही पिताजी, डैडी

यह सब कहकर बच्चों का दिमाग खराब न करें तो उनके मन में 'पिता' नामक वस्तु को देखने के लिए कोई कौतूहल नहीं रहता।"

"यमुनादी, कुछ बताती नहीं थी तुम्हें?"

"यही जैसे कि, तपु के पिता जिन्दा नहीं हैं वगैरह।"

"जिन्दा नहीं हैं क्या?"

निर्मला अचानक उठकर चली गयी। कामवाली लड़की से जाने क्या खाना बनाने, काटने-पीसने की बातें कहकर लौट आयी। सिर हिलाते-हिलाते बोली—"तपु ने कभी भी अपने पिता के बारे में जानने की कोई उत्सुकता नहीं दिखायी। पिता कौन थे, कैसे थे, पिता को देखने का दिल कर रहा है वगैरह उसे ऐसी जिद और लाड़ करते कभी नहीं सुना।"

"हाँ, वह तो तुमने कहा ही। दरअसल ये सब पूछकर दिमाग खराब करना घर में नहीं तो स्कूल वगैरह में तो दोस्त लोग करते ही हैं। पूछ-पूछकर नाक में दम कर देते हैं कि हमारे तो पापा हैं तेरे क्यों नहीं हैं?"

निर्मला कोई जवाब नहीं देती।

नूपुर सोचती रहती है—तपु को याद रहेगी अपने पिता की। तपु की उम्र तब डेढ़ साल की थी जब उसने आखिरी बार अपने पिता को देखा। याद रहे भी तो लगाव रहने की कोई बात नहीं है। स्कूल और घर में इस बारे में अगर कोई पूछताछ न चलती रहे, तब शायद 'पिता' का अस्तित्व ही आखिर तक नहीं रहता।

यमुना और पाशा के आश्चर्य भरे प्रेमपगे दिनों को नूपुर मुग्ध होकर देखती थी। पर प्रेम सचमुच ही मरीचिका की तरह है। लगता है, 'है' पर दरअसल 'नहीं है।'

नूपुर को बुलावा गया था, बच्चे को देखने के लिए यमुना ने बुलाया था। माँ-बाबा ने नहीं चाहा था कि वह जाये। कुँवारी लड़की गर्भवती हुई और फिर बेशर्म की तरह बच्ची को जन्म भी दिया, तिस पर सगे-सम्बन्धियों को बुला भी रही है बच्ची को देखने। नूपुर जिस दिन ढाका में बहन के पास जाने की जिद कर रही थी—"यह कैसी लड़की को मैंने अपनी कोख में पाला"—माँ ने सुबक-सुबक कर रोते हुए कहा था। घर भर के लोगों से लड़ाई करके यमुना की बेटी को देखने गयी थी नूपुर। हालाँकि माँ, पिताजी गुस्सा दिखाते थे, कोई अपमानजनक बात करना नहीं छोड़ते, पर इतना सब कुछ होने पर भी नूपुर जानती थी कि दोनों चाहते हैं कि यमुना के जरूरत के वक्त नूपुर उसके पास जाये। समाज के नियमों को न मानने वाली बेटी, मेधावी बुद्धिमती बेटी, ऐसी बेटी की वजह से समाज में मुँह दिखाना दूभर था, पर ऐसी बेटी को लेकर मन के अन्दर ही अन्दर गर्व किया जा सकता था। गर्व था उन्हें, हालाँकि यमुना को इसकी खबर भी नहीं लगने देते थे। माँ-बाप ने तय किया था ऐसे लड़के से शादी भी की थी यमुना ने, फिर अत्याचार से बचने के लिए जल्दी

ही उसे त्याग करने पर मजबूर हुई थी। यमुना के माँ-बाप भी जानते हैं कि इसके अलावा यमुना के पास और कोई चारा न था। यमुना ने ठीक ही किया था। एक अत्याचारी पत्थर दिल आदमी को त्याग करने के अलावा और कोई चारा न था। इसके बाद माँ-बाप ने चाहा था कि देखभाल कर एक अच्छे आदमी के साथ शादी करना, विवाह के पीढ़े पर बैठना। पर यमुना अब और किसी भी पीढ़े पर बैठने को राजी नहीं थी। कहती थी—मैं जिस गद्दी वाली कुर्सी पर बैठी हूँ, उसी पर बैठी रहूँगी, कुर्सी छोड़ के नीची पीढ़े पर बैठने के लिए अब और न कहो। इतना नीचे मैं उतर न पाऊँगी। अपनी मर्जी से शादी तोड़ दी, उसके बाद जिसके साथ मर्जी उसके साथ रही, आखिरकार चरम अन्याय किया, यही बाकी था शायद, सन्तान को जन्म दिया अविवाहित लड़की ने। पदार्थ विज्ञान लेकर परीक्षण निरीक्षण करना है तो करो, लेकिन शरीर को लेकर ऐसा करना नहीं चलेगा, यह कहना था यमुना के सगे-सम्बन्धियों का। यमुना का कहना था—यह मेरा शरीर है, मैं शरीर को लेकर क्या करूँगी, क्या नहीं करूँगी, वह मैं समझूँगी। इस शरीर पर मेरा अधिकार है, और किसी का नहीं। पाशा तपु का पिता था, पर पाशा यमुना का पति नहीं था। यह सच नूपुर की सोच को गड़बड़ा देता, वह डर के मारे सिकुड़ी-सिमटी रहती। यमुना उसको कितना कुछ कहती थी। कहती—स्त्रियाँ किसी की व्यक्तिगत सम्पत्ति नहीं हैं, पुरुष की भी नहीं, और न ही समाज की। मैं किसके साथ सोऊँगी—यह फैसला मेरा परिवार करेगा? मेरे पड़ोसी करेंगे? समाज के एक सौ एक बदमाश लेंगे? या मैं करूँगी ये फैसला, मैं करूँगी। मैं प्रेगनेंट होऊँगी या नहीं, कितने बच्चे होंगे मेरे, लड़का होगा या लड़की, यह फैसला मैं करूँगी—दूसरा कोई नहीं। नूपुर ध्यान से उसकी बात सुनती। कुछ उसकी समझ में आता, कुछ नहीं। उम्र ही कितनी थी तब नूपुर की।

"मेरे अकेले के ओवम् से तो होगा नहीं, ठीक है मैंने स्पर्म लिया है। लेकिन जिस आदमी का स्पर्म मैंने लिया, मेरे बच्चे पर उसका अधिकार मेरे से ज्यादा क्यों होगा? मैंने नौ महीने तकलीफ सहकर पेट में रखकर, जिन्दगी जोखिम में डालकर जिस बच्चे को जन्म दिया, वह अचानक उसका बच्चा कैसे बन जायेगा? मेरा बच्चा मेरे नाम का टाइटल लेगा, किसी दूसरे का नहीं।"

यमुना फिर नूपुर को समझा कर कहती है, "यह मत सोचना कि पाशा बच्चे पर हक जता रहा है। वह ऐसा नहीं कर रहा है। मैं चाहती हूँ, यह बच्चा सिर्फ मेरे बच्चे के नाम से परिचित हो। और किसी को इसमें दखलअन्दाजी करने की जरूरत नहीं। बच्चे का बाप कौन है वगैरह। अगर मैं बच्चे के बाप से शादी करती, अगर यह मन बनाती कि माँ-बाप दोनों मिलकर बच्चे को बड़ा करेंगे, पालेंगे-पोसेंगे तब तो कोई बात भी थी। पाशा को मैंने बहुत पहले ही कह रखा है कि मुझे एक बच्चा

चाहिए, उस बच्चे पर पाशा का कोई हक नहीं होगा। कुछ समझा पायी मैं तुझको?" यमुना पूछती थी। नूपुर सिर हिलाकर हामी भरती थी।

नाम नूपुर ने ही रखा था, तपु। क्यों उसे यह नाम पसन्द आया था, अब याद नहीं। तपन या तपु नाम के किसी लड़के को क्या वह पसन्द करती थी? शायद करती थी। सिर्फ छोटा नाम ही नहीं, यमुना ने नूपुर को उसका अच्छा नाम रखने को भी कहा था। तपु का अच्छा नाम है—तपस्या चौधरी। यमुना ने नूपुर का दिया नाम ही पसन्द किया था।

यमुना का शान्ति बाग वाला फ्लैट उन दिनों नूपुर का 'अपना घर' हो गया था। मयमनसिंह से वह अक्सर ही चली आया करती थी। दो तीन महीने बाद तो वह यमुना के पास ही रहने लगी थी। बहुत जरूरी न हो तो वह मयमनसिंह नहीं जाती थी। तपु को नूपुर के पास छोड़कर ही यमुना दफ्तर जाती थी। तपु को नहलाना, खिलाना, कहानी सुनाना, सुलाना जो भी करना हो, नूपुर ही करती थी। यमुना का नूपुर पर बड़ा भरोसा था। नूपुर पर तपु के पालन-पोषण की पूरी जिम्मेदारी देकर यमुना निश्चिन्त हो गयी थी। जैसे माँ के पास बच्चे को रखने की तरह।

तपु के जन्म के बाद पहले की तरह न सही पाशा आता था यमुना के फ्लैट में। नूपुर ने गौर किया था उन दिनों अक्सर ही यमुना और पाशा के बीच झगड़े हुआ करते थे। यमुना पाशा को कहती थी कि वह तपु को गोदी में न ले, पर मना करने पर भी पाशा तपु को जबरदस्ती गोद में ले लेता था। नूपुर पूछती, "ऐसा क्यों करती हो बूबू? पाशा भाई तो तपु के पिता हैं। पिता को तो इस तरह वंचित करना ठीक नहीं।"

"जो नहीं जानती है उस बारे में मत बोला कर", यमुना ज़ोर से धमकाती नूपुर को।

"क्या नहीं जानती?" पूछने पर यमुना कहती, "पता नहीं वह कैसे तपु को गोद में लेता है, देखने पर लगता है उसके हाथ से गिर जायेगी तपु। बच्चे को कभी गोद में लिया ही नहीं, ऐसा तो नहीं। गोद में उठाया है, लेकिन तपु के बारे में ही इतनी लापरवाही क्यों?"

नूपुर ने देखा-महसूसा है कि जो यमुना पाशा के लिए पागल थी, वही यमुना अब नहीं चाहती कि पाशा उसके फ्लैट में बार-बार आये या रात बिताये। शाम का समय तो अक्सर वहीं बीतता था। लेकिन एक समय ऐसा भी आया, जब लगा कि यमुना उसका शाम को आना भी पसन्द नहीं करती थी। वह चाहती थी कि जब वह ऑफिस से लौटे तो सिर्फ तपु के साथ समय बिताये, पाशा के साथ नहीं।

नूपुर को पता नहीं था कि पाशा ने सिर्फ यमुना से प्यार करना चाहा था, लेकिन बच्चे नहीं चाहे थे। यमुना के गर्भ रहने के बाद से ही चीखना-चिल्लाना शुरू कर

दिया था। नूपुर को मालूम न था कि पाशा कहता था, ''यह पेट का बवाल खत्म करो यमुना। बाद में प्राब्लम होगी।'' नूपुर को यह भी नहीं पता था कि यमुना पाशा से कहती थी, ''अनपढ़ों की तरह बात मत करो। 'पेट का बवाल' का मतलब?'' 'खत्म करो' मतलब? कहो, अबॉरशन कराओ।''

पाशा वैसे ही कहता था, कभी प्यार से, धमकाकर कहता था—''अबॉरशन कराओ।''

नहीं, मैं अबॉरशन नहीं कराऊँगी, क्यों कराऊँ अबॉरशन?''

''शादी नहीं हुई। अवैध सन्तान है। यह सब...समाज को तो जानती ही हो।''

''जानती हूँ, पहचानती हूँ, खूब अच्छी तरह से। तुम पुरुष होकर जानते कितना हो? औरत होने पर ही समाज को पहचाना जाता है—तुम तो औरत नहीं हो। समाज क्या है—यह मुझे मत बताओ। मैं तुमसे ज्यादा जानती हूँ। और जानकर ही मैं इस बच्चे को ''विदाउट वैडलॉक' ग्रहण कर रही हूँ।''

''सारी दुनिया तो यही कहती फिरेगी कि इस बच्चे का बाप मैं हूँ।''

''इस बात को लेकर तुम्हें डरने की कोई जरूरत नहीं। मैं कहीं भी तुम्हारी बात नहीं कहूँगी। यह मेरा बच्चा है, जिसे यह मानना है—वह मानेगा। जो नहीं मानेगा उसको जोर-जबरदस्ती मनवाने नहीं जाऊँगी। हाँ, इस बच्चे को जिन्दगी देने में तुम्हारी भी देन है। लेकिन क्योंकि तुम मैरिड हो, तुम एक्सपोजड होना नहीं चाहते। तुम दुनिया को दिखाना चाहते हो कि तुम 'फेथफुल हज़बैंड' हो, 'बट यू आर अ प्रॉमिसक्यूअस मैन। यू चीट ऑन योर वाइफ।' तुम स्त्रियों को एक्सप्लायट करते हो। मुझे एक बच्चे का शौक था, सो मैं ले रही हूँ। तुम्हारे साथ सम्बन्ध रहने पर ही यह सम्भव हुआ। तुम्हें बच्चे का शौक नहीं है। तुम्हारे ऑलरेडी दो बच्चे हैं, इसीलिए तुम इसका अबॉरशन करा देना चाहते हो। मैं नहीं कराऊँगी अबॉरशन। इस बच्चे पर तुम्हारा कोई अधिकार नहीं है। मैं इसे बड़ा करूँगी, पालूँगी। मुझे परेशान मत करो। मैं तुम्हारी 'मिस्ट्रेस' नहीं हूँ। यह बच्चा तुम्हारा नहीं है। यह बच्चा मेरा है लीव मी अलोन।''

पाशा ने होंठ सिकोड़कर लापरवाही से उसकी ओर शब्द फेंकते हुए कहा—''दरअसल तुम बाबा आदम के ज़माने में रह रही हो। स्त्रियों के हक की बातें करती हो। अबॉरशन राइट्स स्त्रियों ने विदेश में कितने आन्दोलनों के बाद हासिल किया है—पता है तुमको? बड़ी नारीवाद के डंके बजाती फिरती हो। नारीवाद के बारे में कुछ भी पता नहीं तुम्हें।''

यमुना ने कहा था—''देखो, मैं अबॉरशन के खिलाफ कतई नहीं हूँ। स्त्रियाँ जब चाहें तब अबॉरशन करवा सकें—मैं इसका समर्थन करती हूँ, पर जब नहीं चाहतीं

तब न करायें इसके भी पक्ष में हूँ।''

यमुना ने ज़िद की या उसकी इच्छा हुई थी, या सिर्फ शौक हुआ था उसे—बच्चा गर्भ में रखा है उसने। पाशा के विरोध-बाधाओं के बावजूद उसका फैसला किसी तरह नहीं बदला, बल्कि उसका फैसला और भी पक्का और अटल हो गया। अगर यह शिशु जन्म नहीं लेता तो किसी का कोई नुकसान न होता। पूरी मानव-जाति को टिके रहने के लिए कोई बाधा नहीं होती। इस पृथ्वी पर अनगिनत शिशु हैं। लाखों-लाख शिशु सिर्फ भोजन के अभाव से ही मर रहे हैं। यमुना ऐसे किसी एक बच्चे की जिम्मेदारी ले सकती थी। लेकिन उसके बाद भी अविवाहित होने पर भी उसने गर्भ धारण किया। नाते-रिश्तेदारों सबसे सम्बन्ध तोड़कर भी उसने इस बच्चे को रखा। क्या यह सिर्फ अपनी जिद रखने के कारण ही? 'स्त्रियाँ अपने शरीर के साथ क्या करेंगी यह फैसला स्त्रियाँ ही लेंगी' इस सोच को प्रतिष्ठित करने के लिए वह अपना जीवन उत्सर्ग करने को भी तैयार है—इसीलिए उसे जो करना चाहिए था, उसने वही किया।

नूपुर करीब डेढ़ वर्ष रही थी यमुना के घर। उस समय वह अकेले ही यमुना के माँ-बाप, भाई-बहन, सगे-सम्बन्धी, सभी के कर्त्तव्य की भूमिका निभा रही थी। नूपुर के अलावा तपु को यमुना के किसी परिवार वाले ने नहीं देखा। किसी को देखने की इच्छा भी न थी। नईम ढाका शहर में ही था। नईम के घर जरूरत पड़ने पर नूपुर जाती थी। नईम जानता था—यमुना के बच्चा हुआ है। नूपुर ने ही बताया था। सुनकर नईम ने सिर्फ हिकारत भरी 'छी छी' की थी। नईम की बीवी ने भी वैसा ही किया था। दोनों की यह 'छी छी' सुनते-सुनते नूपुर जितनी जल्दी हो सके उनके पास से भाग आयी थी। यमुना के घर पहुँचने पर ही जैसे उसकी जान में जान आयी। इस घर पर उसका अधिकार उसके अपने पीहर से भी ज्यादा है। इस घर में वह अपने दोस्त, सहेलियों को बुला सकती है, खिला-पिला कर खातिर-तवज्जो कर सकती है। इस घर से वह जहाँ मर्जी, जितनी देर मर्जी जा सकती है। किसी को कोई कैफियत नहीं देनी पड़ती। पिता के घर में ऐसा बहुत कुछ करना सम्भव नहीं।

नूपुर को आभास हो जाता कि दिन पर दिन पाशा और यमुना के बीच दूरी बढ़ रही है। पाशा के आने पर यमुना पहले जैसी चंचल भाव-विभोर नहीं होती। बल्कि जब शाम को दोनों साथ-साथ समय बिताते हैं तो गले की आवाज ऊँची होती रहती है, दोनों की। दिनोंदिन चीखना-चिल्लाना बढ़ ही रहा है। एक दिन नूपुर ने सुना यमुना कह रही है—''जन्मने के पहले भी गुस्सा था तुममें, जन्म लेने के बाद भी इस बच्ची पर तुम्हें गुस्सा आता है कि यह जन्मी ही क्यों? देखने में तुम जैसी क्यों हुई? तपु को तुम मार ही डालते, अगर तुम ऐसा कर पाते। तुम्हारे लिए तपु की जिन्दगी से बढ़कर, मेरी जिन्दगी से भी ज्यादा महत्त्वपूर्ण थी तुम्हारी

नौकरी, तुम्हारा समाज, तुम्हारी बदसूरत सड़ी-गली दुनिया। लीव मी अलोन पाशा। आई डोंट लव यू एनी मोर।''

पाशा का मिजाज़ बिगड़ जाता और वह चला जाता।

यमुना के सोने के कमरे की दीवार पर एक बड़ी-सी फ्रेम्ड तस्वीर है—नूपुर की गोद में तपु। वही तपु जिसे लाड़-प्यार से बड़ा किया था नूपुर ने। तपु की उम्र तब एक वर्ष थी। धूमधाम से जन्मदिन का उत्सव हुआ था। जन्मदिन मनाने में यमुना का विश्वास नहीं है। यह उत्सव नूपुर की इच्छा से हुआ था। नूपुर और यमुना के कुछ करीबी मित्र आये थे, रिश्तेदार नहीं आये थे। ज्यादातर मित्र जानते थे कि पाशा ही तपु के पिता हैं और पाशा के साथ यमुना की शादी सीक्रेटली हुई है या फिर नहीं हुई तो किसी भी दिन हो जायेगी। शहर के कोनों-अँतरों में विवाहित पुरुषों के कुछ स्त्रियों से गुप्त सम्बन्ध हैं—इसमें अस्वाभाविक कुछ भी नहीं। ये सब बातें भद्र और अभद्रजन, सभी जानते हैं। जन्मदिन के उत्सव के दिन नूपुर के साथ तपु की ढेर सारी फोटो ली थीं। वे तस्वीरें कायदे से नूपुर के पास ही होनी चाहिए थीं। कहाँ है वह ऐलबम? पता नहीं कहाँ है। यमुना ने तो सब कुछ फेंक कर ही देश छोड़ा था। नूपुर ने बहुत कुछ साथ रखा था, पर फोटो ऐलबम नहीं ले गयी थी। लगता है फोटो ऐलबम फिर यमुना ही ले गयी थी। यह तस्वीर नूपुर ने पहले कभी यमुना के घर पर नहीं देखी। अगर यमुना ने इसे फ्रेम न कराया होता, तब शायद याद भी नहीं रहती—जन्मदिन के उस उत्सव की बात। इस दिन, जन्मदिन पर, नूपुर को याद है, सारे दिन के बाद रात के बारह बजे पाशा आया था—खाली हाथ। उसके खाली हाथ आने से यमुना नाखुश नहीं हुई थी, पर नूपुर हुई थी—''पाशा भाई, सारे दिन में आपको यहाँ आने का समय नहीं मिला? बर्थ डे पार्टी तो खत्म हो गयी। आपके लिए हम सब वेट करते रहे। तपु को 'विश' नहीं करेंगे?''

पाशा ने गम्भीर चेहरा बनाकर पूछा था, ''यमुना कहाँ है? नहीं है क्या?''

''क्यों नहीं रहेगी? सो गयी शायद। खाली हाथ आये हैं? तपु के लिए कोई गिफ्ट नहीं लाये?''

पाशा यमुना के सोने के कमरे में जाकर ज़ोर से चिल्लाकर बोलने लगा। क्या कह रहा था, कौन जाने। तपु की नींद टूट जाती है। नूपुर उसे लोरी सुनाकर फिर से सुलाने में व्यस्त हो जाती है।

उस तस्वीर की ओर तन्मय भाव से देखते हुए नूपुर सोचती है—इसी तपु को उसने चलना सिखाया था, बोलना सिखाया था। तब तपु नूपुर को अपनी माँ से भी ज्यादा पहचानती थी, नूपुर से चिपकी रहती थी, नूपुर के साथ ही सोती थी। यमुना बच्ची के साथ सो नहीं सकती थी। उसे नींद नहीं आती थी। कभी-कभी नूपुर को लगता था—तपु उसी की बेटी है, उसी की गर्भजात सन्तान, यमुना की नहीं। नूपुर

की आँखें भीग जाती हैं। वे सब सुख की स्मृतियाँ और आँख से आँसू टप-टप गिरते रहते हैं। इस कमरे में पहली बार घुसते ही एक और तस्वीर की ओर उसकी नज़रें पड़ीं। नूपुर और यमुना दोनों ने एक-दूसरे को बाँहों से घेर रखा है। दोनों हँसकर लोटपोट हो रही हैं। किशोरावस्था और यौवन की वे सब तस्वीरें फ्रेम्ड हैं। या तो दीवार पर लगी हैं या मेज पर रखी हैं।

निर्मला पीछे आकर खड़ी होती है। भर्राये गले से कहती है—''सुनो नूपुर, गणदर्पण से लोग आये हैं। यमुनादी की डैडबॉडी वे लोग ले जायेंगे। तुमसे कुछ बात करेंगे वे लोग। जाओ वे लोग नीचे बैठे हैं।''

''हुँ, जा रही हूँ।''

'जा रही हूँ' कहने के बाद भी नहीं जाती है नूपुर, स्मृतियों के झूले में झूलती रहती है। भूल जाती है कि नीचे कोई बैठा इन्तजार कर रहा है, उन्हें उससे बात करनी है। सब बातें तो निर्मला ही कर सकती थी। शायद नूपुर के किसी फैसले की कोई जरूरत ही नहीं थी। लेकिन तपु ने उसे यह जिम्मेदारी सौंपी है। ठीक उसी तरह जैसे यमुना ने नूपुर को जिम्मेदारी सौंपी थी, तपु के लिए जो कुछ भी करना हो, करने की। आज तपु ने उसे जिम्मेदारी सौंपी है यमुना के बारे में जो भी फैसला लेने की। छब्बीस साल बाद फिर कन्धों पर वही जिम्मेदारी। नूपुर को अच्छा लगता है, जिम्मेदारी लेना। उसे तो कभी कोई जिम्मेदारी नहीं लेनी पड़ी। चाही थी उसने लेकिन उसे दी नहीं गयी कोई जिम्मेदारी। अपने बेटे की जिम्मेदारी भी दूसरे लोगों ने ली, उसका लेना नहीं हुआ। नूपुर को समझ नहीं है, नूपुर को अक्ल नहीं है, नूपुर काम बिगाड़ देगी। जय के जन्म लेने के बाद से ही यही सब सुनती आयी है। जिन्दगी में जय और तपु को सिर्फ दो या एक ही बार एक साथ पाया था उसने। नूपुर ने देखा कि वह जय के लिए, बल्कि तपु के लिए भावविभोर हुई है। जय तो हमेशा से ही अपने पिता का बेटा रहा है, नूपुर को माँ कह कर बुलाता था, बस। इससे ज्यादा कुछ उसने जय से कभी उम्मीद भी न की थी।

निर्मला फिर से नूपुर को आवाज़ देती है—''नूपुर, व्रज तुम्हारा इन्तजार कर रहा है, उन लोगों के साथ जो भी जरूरी बातचीत करनी है उसे निपटा आओ। नहाई भी नहीं हो। जो साड़ी पहनकर देश से आयी हो अभी तक वही पहन रखी है।''

नूपुर ने अब अपने को यमुना के सोने के कमरे से धकेल कर उठाया, नीचे की मंजिल पर उतारा, फिर व्रज के सामने बैठाया। बैठा तो लिया, लेकिन उसका मन अभी भी यमुना के शान्तिबाग वाले घर में ही मँडरा रहा था। यमुना और नूपुर बिस्तर पर एक-दूसरे के आमने-सामने लेटी हैं। दोनों के बीच में तपु बैठकर खेल रही है। यमुना कह रही है, ''तुझे अब और मयमनसिंह में रहने की जरूरत नहीं। यहाँ मेरे साथ ही रह। बाकी जिन्दगी दोनों बहनें साथ ही रहेंगे। तू इस शहर में

एक अच्छी-सी नौकरी करेगी। अगर यह फ्लैट छोटा लगता है तो एक बड़ा फ्लैट ले लूँगी। और अगर तू शादी-वादी कर ले तो एक काम करूँगी एक मकान ही खरीद लूँगी। नीचे की मंजिल में मैं और ऊपर की मंजिल में तू, और तेरा परिवार। खायेंगे एक साथ। एक ही मेज पर बैठकर, गप्पें करते-करते, गाना सुनते-सुनते, नाटक देखते-देखते। घूमेंगे एक साथ। इस छोटी गाड़ी को बेचकर एक बड़ी गाड़ी खरीद लूँगी। छुट्टी-वुट्टी में चले जायेंगे दूर कहीं। और अगर तू किसी अच्छे से लड़के से शादी कर ले तो उसे अपना छोटा भाई बना लूँगी। हम भाई-बहनों का सुखी संसार। तू गृहस्थी की बात अच्छी तरह जानती-समझती है। तू गृहस्थी की बात ज्यादा समझती है। तुझे ही गृहस्थी चलाने के खर्चे वगैरह के पैसे दे दूँगी। तेरे पैसे तू जोड़ेगी बैंक में। तुझे खर्चने की कोई जरूरत नहीं है। और ऐसा मौका आये कि मुझे पैसों की बहुत जरूरत हो—जैसे मंगलग्रह में सैर करने के लिए एक स्पेसशिप खरीदना है, तब मैं तेरे से उधार ले लूँगी, ठीक है न? हम लोग पूरे देश में घूमते फिरेंगे, आसपास के देश देखेंगे, पहाड़, समुद्र देखेंगे, दूर के देशों में हिम्मत करके चले जायेंगे, जीवन तो एक ही है रे नूपुर।''

नूपुर को कितना जो अच्छा लगता था यमुना की बातें सुनना। बादलों के बीच तिरते रहने जैसा।

व्रज ने कहा, ''आप इतना क्या सोच रही हैं, बताइए तो। आप यमुना चौधरी की बहन हैं। आपकी इजाजत का इन्तजार कर रहा हूँ। आप नहीं थीं, लेकिन हम लोगों ने 'ऑरगन्स' ले लिए हैं। निर्मलादी ने कहा—बाकी सब आपके आने के बाद होगा। अब, बॉडी आज ही ले जायेंगे, ऐसा सोच रहे हैं।''

नूपुर का बुझा हुआ स्वर। कहा, ''मेडिकल में ही न?''

''हाँ।''

''यमुनादी कब मृत्यु उपरान्त देह दान कर गयीं?'' अनमनी नूपुर ने अटपटा सा प्रश्न पूछा। व्रज समझ रहा था, निर्मला भी।

''पाँचेक साल पहले। बॉडी की जरूरत है। हमारे गण दर्पण को जो लोग बॉडी देकर जाते हैं, हम लोग कभी भी उनकी बॉडी इतने दिन नहीं पड़ी रहने देते।'' व्रज पाँच साल पुरानी कॉनट्रैक्ट की चिट्ठी आगे कर देता है, नूपुर के सामने। यमुना के दस्तखत हैं नूपुर दस्तखत पर उँगलियाँ फेरती है, फेरती रहती है। व्रज कहता है—''आपके लिए जरूर शॉकिंग है। बड़ी बहनें तो काफी कुछ माँ-जैसी होती हैं।''

''असल में मैंने तो अपनी दीदी को ठीक से देखा भी नहीं। जरा देखूँगी, जरा छूऊँगी। अब यही तो आखिरी बार देखना होगा। मेडिकल में ले जाने के बाद तो फिर कभी उसे छू भी न सकूँगी।''

आवाज़ भर्रा जाती है। फिर भी स्वाभाविक रखने की कोशिश करती है नूपुर।

व्रज और उसके साथ वाला लड़का सिर झुका लेते हैं। छरहरी लड़की एक ट्रे में चार कटोरी मिठाई और चार गिलास पानी देकर चली जाती है। सब लोग इन्तजार कर रहे थे नूपुर ज़रा सँभल ले और फिर कहेगी, ''ठीक है, आज ही आखिरी बार के लिए देख लेती हूँ, आज शाम को ही ले जाइए।''

''पार्क स्ट्रीट के 'पीस हेवेन' में रखी गयी है यमुना की देह।'' व्रज ने कहा, ''रखने का खर्च भी तो बहुत है। इसके अलावा...'' नूपुर व्रज को आगे कुछ कहने से रोक देती है—''जानती हूँ बहुत खर्च है। प्लीज़ मुझे खर्च की बात मत कहिए। खर्च बचाने के लिए मैं अपनी दीदी को दूर हटा दूँगी—यह नहीं हो सकता।''

निर्मला मूर्ति की तरह बैठी रहती है पास ही। चेहरा गम्भीर। नूपुर को अटपटा लगता है। वह सहज स्वर में कहती है, ''दरअसल मैं तपु के साथ दोबारा बात करना चाहती हूँ। अगर वह आना चाहती है। देखती हूँ, आज फिर बात करूँगी। उसकी तो माँ है न। साथ रहे इस समय तो ठीक है। हालाँकि उसने मुझे ही जिम्मेदारी दी है, फिर भी मैं चाहती हूँ तपु आये। तपु के आने के बाद ही बॉडी मेडिकल भेजी जाये।''

निर्मला ने कहा, ''उसके शायद हार्वर्ड में अभी कुछ एक्जाम चल रहे हैं।''

''अच्छा? ऐसा? मुझे नहीं बताया यह सब। कहा—माँ का मृत चेहरा नहीं देखना चाहती। जैसी माँ को उसने देखा है सदा खुश, हँसती हुई प्राणवन्त, खुले मन बात करती हुई, ऐसी माँ की याद को ही बनाये रखना चाहती है।''

व्रज और निर्मला, दोनों ने कहा कि वे दोनों तपु की इस अनुभूति को भली-भाँति समझ रहे हैं।

सामने व्रज और उसके साथ आये लोग और निर्मला के पास बैठे रहने पर भी नूपुर अतीत में गोते लगाती रहती है—वह नन्ही सी तपु अब हार्वर्ड विश्वविद्यालय से पीएच.डी. कर रही है। मशहूर पदार्थ विज्ञानी लॉरेन्स क्रॉस के साथ मिलकर किताब लिख रही है। पीएच.डी. खत्म करके हार्वर्ड में ही पढ़ाने का काम करेगी—ऐसा ही तय है। तपु के लिए नूपुर को गर्व होता है। तपु के जन्म को लेकर छीः छीः करनेवाले आज कहाँ रह गये और तपु कहाँ। परिवार में किसी ने भी इतनी पढ़ाई-लिखाई नहीं की है। यमुना ने की थी—अब यमुना के भी आगे निकल गयी है तपु।

नूपुर कभी हार्वर्ड नहीं गयी। जितने दिन अमेरिका में रही, न्यूयार्क के ऐमहॉर्स्ट ऐवेन्यू में रही। जो किराये का मकान पहले लिया उसी मकान में लम्बे अठारह या उन्नीस वर्ष काटे। मकान मालिक ने किराया बढ़ा दिया, घर में चूहों और कॉक्रोच का उत्पात बढ़ गया। फिर भी नहीं छोड़ा। न छोड़ने की जैसे आदत बन गयी थी।

इतने साल ऐमहॉर्स्ट ऐवेन्यू और जॅकसन हाइट्स में ही विचरण करती रही। यमुना से ईर्ष्या होती थी नूपुर को। ऊपर से कुछ न कहने पर भी मन ही मन वह ठीक जानती थी कि उसे यमुना से ईर्ष्या होती थी। यमुना के साथ कोई सम्पर्क न रखने के अलगाव के पीछे शायद यह ईर्ष्या ही काम कर रही थी। या कि फिर गुस्सा? या सिर्फ उससे रूठना। नूपुर को ठीक से मालूम नहीं। या सब कुछ मिलाकर कोई एक अनुभूति। तपु अमेरिका में पढ़ाई-लिखाई कर रही है जानते हुए भी न तो वह तपु से मिलने गयी और न ही उसे अपने घर आने का न्योता दिया।

धूमधाम से शादी होने के बावजूद नूपुर की गृहस्थी थी अशान्ति की गृहस्थी। सारी दीन-दुनिया को भुलाकर जिस सन्तान को बड़ा किया, वही जय कॉलेज में दाखिला ही न पा सका। पन्द्रह वर्ष की उम्र से ही ड्रग ऐडिक्शन। नूपुर समझी नहीं थी। यमुना जब आखिरी बार नूपुर से मिलने अमेरिका गयी तब उसने नोट किया था कि जय सारा दिन सोता रहा, रात को नींद से बोझिल आँखें, ज़ोर से हँस रहा है, बात कर रहा है तो शब्द लटपटा रहे हैं। बातों का कोई अर्थ या तर्क नहीं। नूपुर जय को मुँह में कौर डालकर खिलाना चाह रही है। बेटा खाओ, मेरा सोना, मेरा जादू, मेरा हीरा बेटा। जय, नूपुर को धकेल कर परे हटा रहा है। यमुना ने जय को ऐसी हालत में कभी नहीं देखा। कैसा प्राणवन्त खुशमिजाज़ लड़का था। उसका कुछ भी अब नहीं रहा।

यमुना को पता नहीं था वही जय इसी बीच बहुत बदल गया है। दो दिन ध्यान से देखती रही, तीसरे दिन नूपुर को पूछा था—"जय क्या नशा करता है।"

नूपुर नाक, भौंह, मुँह सिकोड़ कर यमुना की ओर देखती है, कड़वी आवाज़ में बोली—"क्या कर रही हो?"

"पूछ रही हूँ, जय क्या नशा-वशा करता है?"

'नशा?"

"हाँ नशा।"

"नशे का मतलब क्या है?"

यमुना गुस्से-भरे स्वर में कहती है—"इस तरह कुछ न समझने का बहाना मत बना। 'नशा' का मतलब नशा। गाँजा, भाँग, चरस इन चीजों का नाम नहीं सुना तूने?"

"जय क्या ड्रग्स लेता है? मतलब कोई नींद की गोली-वोली खाता है? इन्जैक्शन लेता है?"

गुस्से से नूपुर का बदन जलने लगता है। कहती है—"नहीं, मेरा बेटा अच्छा लड़का है। तुम जय के बारे में बेकार की बातें क्यों कर रही हो, समझ में नहीं आ रहा।"

"जय की भलाई के लिए ही कह रहा हूँ। मुझे लग रहा है जय नशे में है।"

‘‘आश्चर्य है। इतना छोटा लड़का नशा क्यों करेगा? मैं सोचती थी तुम जय से प्यार करती हो वह तुम्हें फूटी आँखों नहीं सुहाता, यह पता नहीं था मुझे।’’

‘‘मेरी बातों का उल्टा-पुल्टा मतलब न निकाल। जय को देखकर मुझे अच्छा नहीं लग रहा। जय बिल्कुल ड्रग ऐडिक्ट की तरह लग रहा है।’’

नूपुर सुबक-सुबक कर रोती रहती है। यमुना नूपुर की पीठ को प्यार से सहलाती रहती है। नूपुर यमुना का हाथ अपनी पीठ पर से हटा देती है, कहती है—‘‘बूबू तुम हमेशा मुझसे जलती रही हो। जय को भी तुम सह नहीं पा रही हो। तुम्हारे न पति है, न गृहस्थी, न बेटा। तुमने कभी नहीं चाहा कि मेरी शादी हो, गृहस्थी हो। ढाका में जैसे तुम्हारी नौकरानी की तरह काम करती थी, तुमने चाहा था कि सारी जिन्दगी उसी तरह नौकरानी ही बनी रहूँ। मैं समझती हूँ क्यों तुम जय को सह नहीं पा रही हो। कह रही हो कि वह नशा करता है। वह शराब पियेगा? कभी मेरा बेटा जय शराब पियेगा? जाओ उसके कमरे में जाकर देखो वह शराब पीता है या नहीं? हीरा बेटा मेरा, सारी रात लिखाई-पढ़ाई करता रहता है, दिन में ज़रा सोता है और अब तो स्कूल की छुट्टियाँ चल रही हैं। वह इतना पढ़-लिख रहा है यह तुम्हें सह नहीं रहा। सोच रही हो कि कहीं वह तपु से भी अच्छा स्टूडेंट न हो जाये, मैं सब समझती हूँ बूबू।’’

‘‘सभी जब समझती है तब यह भी जरूर समझती होगी कि नशे के लिए सिर्फ शराब की ही जरूरत नहीं होती। ड्रग का नशा भी नशा होता है। शराब को छोड़कर भी तरह-तरह की चीज़ें हैं नशा करने के लिए। मान लिया कि मेरे मन में खोट है, तुझसे जलती हूँ तेरी सुखी गृहस्थी को सह नहीं पा रही हूँ, मेरे बेटा नहीं है इसीलिए तेरे बेटे से जलती हूँ, उसे बदनाम करती हूँ—अगर इतना समझती है तो यह भी समझती होगी कि ड्रग का नशा बड़ा भयंकर/जानलेवा नशा है। इस नशे से छुटकारा पाने के लिए बहुत तदबीर करनी पड़ती है। डॉक्टर के पास जा, मेरा अनुरोध है।’’

‘‘तुम कैसे जानती हो कि वह ड्रग का नशा करता है? तुमने किया है ड्रग का नशा?’’

‘‘मैंने नहीं किया। मैंने सुना है। पढ़ा है। देखा है। अपने जीवन में न घटी हो कुछ बातें फिर भी उसके बारे में नॉलेज तो रहती ही है।’’

‘‘डॉक्टर के पास जाना हो तो तुम्हीं जाओ। तुम्हारे दिमाग में गड़बड़ है बूबू।’’

‘‘तुम साइकियाईट्रिस को दिखाओ अपने को।’’

‘‘चल, दिखा लूँगी।’’

‘‘तुम अमरीका में मुझसे मिलने के बहाने आकर मेरे बेटे के खिलाफ गन्दी-गन्दी बातें करने आयी हो? इतना गन्दा (गिरा हुआ) मन है तुम्हारा? छीः-छीः।’’

''मुझे छीः छीः करने को तुझे बहुत समय मिलेगा नूपुर। तू अगर अभी जय को डॉक्टर के पास नहीं ले जाती उसके इलाज का बन्दोबस्त नहीं करती तो तुझे बाद में अफसोस करना पड़ेगा। अगर तू नहीं जा सकती तो मैं तो हूँ यहाँ। मैं हेल्प करती हूँ। मैं ले जाती हूँ डॉक्टर के पास। अगर 'रिहैब' में रखना पड़े तो मैं ले जाऊँगी। तुझे कुछ नहीं करना पड़ेगा।''

नूपुर चिल्लाकर कहती है—''अब तुम और अशान्ति मत ले आओ इस गृहस्थी में।''

दोनों की चीख-चिल्लाहट धीरे-धीरे बढ़ती रहती है। यमुना बस एक ही बात कहती है—''बेटे को डॉक्टर के पास ले जा।''

नूपुर का कहना है—''तुम मेरी जन्म की दुश्मन हो। मेरा भला हो यह तुमने कभी नहीं चाहा। मुझे अपनी बेटी की देखभाल के लिए रखा था। मैं तो सिर्फ एक बेबीसिटर या गवरनेंस का काम करती थी। मुझे तुमने कभी भी बहन का दर्जा नहीं दिया। तुम्हारे साथ उस तरह अगर न रहती मैं तो शायद मेरी शादी भी नहीं होती। हमेशा तुमने मुझे 'यूज' किया है। मैंने तुम्हारी बेटी को अपनी बेटी जैसी मानकर पाला-पोसा था। उसके बदले में तुमने मुझे यह प्रतिदान दिया? मेरे खिलाफ होकर ये सब कर रही हो तुम?'' नूपुर ज़ोर-ज़ोर से रोती है। गुस्से से उसके हाथ-पैर थरथरा रहे थे, आवेग से भर गयी थी वह। चीख कर नूपुर यह भी कहती है कि यमुना आज ही वहाँ से चली जाय। कहीं भी। किसी होटल में या किसी के भी घर। वह नहीं चाहती कि उसके घरेलू मामले में कोई बाहरी आदमी नाक घुसाये।

यमुना लेटे-लेटे सोचती है, आज वह बाहरी व्यक्ति है। लेकिन उस पर अपमान, बदनामी की चोटों से उसकी आँखों में आँसू नहीं आते, आँखें भर आती हैं जय की दयनीय अवस्था देखकर मन आधे होश में, भावना पगलाई सी। यमुना को पक्का विश्वास है कि जय ठीक नहीं है। उसे इलाज की जरूरत है। वह न्यूयार्क के डॉक्टरों से फोन पर बात करती है। ड्रग का नशा छुड़ाने वाले विशेषज्ञों से। कम से कम तीन विशेषज्ञ यमुना को सलाह देते हैं कि वह रोगी को चेम्बर में ले आये।

यमुना नूपुर से कहती है—''मैंने डॉक्टर के साथ अपॉइंटमेंट किया है। जय को लेकर डॉक्टर के पास जाऊँगी। तुझे जाने की जरूरत नहीं। मैं ही उसे लेकर जाऊँगी।''

नूपुर जोर से हँस उठती है, ''तुम पागल हो गयी हो बूबू। तुम खुद को डॉक्टर को दिखाओ। जिस डॉक्टर के साथ अपॉइंटमेंट किया है उसी को दिखाओ।''

नूपुर शौकत के साथ फुसफुसाकर बात करती है। आज शौकत यमुना से ज्यादा उसका अपना है। शौकत जैसी नज़रों से देखता है उसमें सिर्फ हेठी और नफरत भरी है, ऐसी ही नजरें होती हैं नूपुर की भी। बल्कि नूपुर की नजरों से दुगुनी हिकारत

और हेठी होती है शौकत की नजरों में।

''आप मेरे बेटे को डॉक्टर को दिखाने का प्लान क्यों कर रही हैं? मेरे बेटे को अगर डॉक्टर के पास ले ही जाना है तो मैं ही ले जाऊँगा, डॉक्टर से अपॉइंटमेंट लेना हो तो मैं लूँगा, आपको ये सब लेकर सिर खपाने की जरूरत नहीं। आप न्यूयार्क में घूमने आयी हैं, घूमघाम कर चली जाइए। कहाँ, किस-किस से मिलना है मिलिए। ब्रॉडवे में नाटक या कुछ और देखना हो तो देखिए। किताबें खरीदनी हैं, कह रही थीं तो किताबें खरीदिए, मगर मेरे बेटे को प्लीज छोड़ दीजिए। बेटे के माँ-बाप से बढ़कर भला चाहने वाला तो कोई दूसरा नहीं हो सकता। नहीं? आप शायद बीच-बीच में यह भूल जाती हैं कि आप उसकी माँ नहीं 'आप' खाला हैं।''

यमुना धम्म से सोफे पर बैठ जाती है, एक लम्बी उसाँस लेकर कहती है—''मैं खाला हूँ। मेरा इतना दखल देना तुममें से कोई भी नहीं चाहते हो—यह मुझे समझ आ रहा है। लेकिन सिर्फ यह नहीं समझ आ रहा कि तुम लोगों ने आँखें क्यों बन्द कर रखी हैं। जय स्कूल नहीं जा रहा। कुछ खाकर या कुछ पीकर या कोई चीज इन्जेक्ट करके वह सोता जा रहा है। बाकी समय नशे जैसी हालत में है। तुम कुछ भी देख नहीं पा रहे हो, यह बहाना मत बनाओ। उसको कब से ऐसा हो रहा है? कब से उसने स्कूल जाना बन्द कर दिया है। मुझे तो तुम लोगों ने कुछ भी नहीं बताया।''

''कुछ हो तब तो बताएँ। आप जबरदस्ती ये क्यों सोचना चाह रही हैं कि कुछ न कुछ हुआ ही है।''

जय के कमरे में जाकर यमुना पूछती है, ''तुम स्कूल क्यों नहीं जाते?''

''दिल नहीं करता'', जय का सीधा जवाब था।

''छुट्टियाँ चल रही हैं?''

''नॉट रियली।''

''क्या तुम कोई ड्रग यूज कर रहे हो? ठीक-ठीक बताना।''

''यू आर अ फकिंग ईडियट, ऐन ओल्ड रिटार्ड। ह्वाई डोंट यू जस्ट लीव मी ऐंड माई पैरेंट्स अलोन। वी डोंट नीड यू। लिसन लेडी, वी ऐक्चुअली हेट यू। यू अंडरस्टैंड इंगलिश? इफ आई टेक ड्रग्स, आई टेक ड्रग्स। इट्स नॉट योर फकिंग बिज़नेस।''

जय की बातें सुनकर यमुना का मुँह खुला का खुला ही रह गया। चौदह-पन्द्रह साल का लड़का इस तरह यह बोल रहा है? इस तरह बोल सकता है? दरअसल यमुना की बहुत आस्था थी जय पर। नूपुर और शौकत से ज्यादा जय पर उसकी आस्था थी। चाहे जो भी हो जय के साथ एक तरह का दोस्ताना था यमुना का। प्यार मोहब्बत तो आसमान से नहीं टपके। जब बहुत छोटा था जय, तब जय को ढेर सारी कहानियाँ सुनानी पड़ती थीं। भूत की कहानियाँ यमुना ने कभी नहीं सुनायीं।

वह उसे विश्व ब्रह्मांड की कथा सुनाया करती थी। जय बड़े ध्यान से सुनता था उन कहानियों को। प्रश्न पूछता था।

उन दिनों जय यमुना से बहुत हिला हुआ था। जय तब पाँच-छः साल का होगा, उस बित्तेभर के लड़के को यमुना जितने भी म्यूजियम हैं, वहाँ ले गयी थी। मेट्रोपॉलिटन, गुगेनहाइम मॉडर्न। शहर के ढेरों किताब की दुकानों में चक्कर लगा-लगाकर कितनी किताबें खरीद कर दी हैं। इतनी किताबें देखकर नूपुर ने कहा था, ''इतनी सारी किताब रखने की जगह भी तो नहीं है। इसके अलावा इन बड़ों की किताबों को कहाँ पढ़ पायेगा?''

यमुना ने कहा था—''बड़ा होकर पढ़ेगा। अब यह क्लासिक रखे हैं हाथ के पास। मैंने तपु को बड़ों की जितनी किताबें गिफ्ट की थीं, उन्हें वह अब पढ़ रही है, वैसे ही जय भी पढ़ेगा।''

''म्यूजियम की क्या समझ है इसमें? इतनी देर तक बाहर रहा, जरूर भूख लगी होगी उसको।''

यमुना ने कहा था—''तू तो बस पेट में खाना भरने से ही खुश रहती है। 'म्यूजियम का क्या समझता है' का मतलब? बच्चे जो देखते हैं जो सुनते हैं, वही सब उनके दिमाग में घुस जाता है। हम लोगों के दिमाग में इतनी अच्छी तरह नहीं समाता कुछ।''

जय अपनी माँ के साथ नहीं, यमुना से ही, चिपका रहता था। जब तक यमुना थी उसके साथ छाया की तरह था जय। उसके बाद जय को और ध्यान से देखती लेकिन तब वह गौर करती कि जय पहले की तरह उसके पास नहीं आता। बड़े होने पर लड़के शायद ऐसा ही करते हैं—उसने यही सोचा था।

जो दो सौ क्लासिक्स खरीदे गये थे, उन किताबों को घर में जगह की कमी है, कारण बताते हुए, नूपुर ने उन्हें खाट के नीचे रख छोड़ा था। फिर घर में खटमल मिलने पर उन सब किताबों को उठाकर फेंक दिया था। जब भी यमुना किताबों के बारे में पूछती तो नूपुर कहती—''अरे पूछो मत, इतने खटमल कि सब किताबों को गारबेज (कूड़ा) बना फेंक देना पड़ा।'' सुनकर यमुना का मन खराब हो जाता। जय ने शायद याद नहीं रखा कि एक समय इस यमुना से उसकी बहुत दोस्ती थी। यमुना से ज्यादा मिलना नहीं हुआ जय का, फिर भी जितना मेल-मिलाप हुआ उसमें यही लगा कि जय बहुत बुद्धिमान है, बड़ा होकर कुछ बनेगा, इसलिए वह तपु से ज्यादा जय के साथ मस्त रहती थी। जय को शायद अब तपु याद भी नहीं है, जय से सात साल बड़ी है तपु। नहीं तपु ने इस तरह कभी बात नहीं की। इस तरह बात करना तपु को नहीं आता। ये शब्द घर में कभी बोले नहीं जाते।

इतना अपमान सहकर भी यमुना नूपुर के घर रहती है। दोस्तों से मिलती है,

ब्रॉडवे में नाटक देखना, किताबें खरीदना—सब कुछ छोड़कर जय को लेकर पड़ी रहती है। वह सीधी बात बोलती है—ड्रग का नशा अभी छुड़ाना है। कोकेन, हेरोइन वॉटऐवर—अभी न छुड़ाया गया तो बाद में कभी भी नहीं छुड़ाया जा सकेगा। कोई भी ऐक्सिडेंट होना सम्भव है।

जय के कमरे का ड्रायर खोलकर यमुना ने देखा है—अजीब किस्म की गोलियाँ, जिन्हें पहले कभी नहीं देखा—पाउडर। जय सुधबुध खोकर सो रहा था। कुछ गोलियाँ लाकर उसने नूपुर और शौकत को दिखाई भी थीं। पूछा था—"ये सब क्या हैं?"

दोनों का कहना था—"ऐंटीबायोटिक, पैरासिटामॉल। बुखार-उखार होता है। दाँतों में इनफेक्शनक, हाथों में—कुछ न कुछ लगा ही रहता है इसी वजह से।"

किसने दी हैं उसे ये दवायें? वह क्या खुद-ब-खुद डॉक्टर को दिखाने गया था। खुद ही दवा खरीदी है? जय को इतना इनफेक्शन हो ही क्यों रहा है? यमुना ने जय के शरीर पर कोई भी इनफेक्शन नहीं देखा। यह सब लेकर वह सिर नहीं खपाती।

जय का बर्ताव उसके त्रिवेन्द्रम के दफ्तर के एक कलीग की तरह है। बिल्कुल ऐसे ही झूमता था, कभी भी पूरी तरह होश में नहीं रहता था। किसको क्या कह रहा है, क्यों कह रहा है—उसे इसकी समझ है भी या नहीं पता नहीं लगा था। बाद में बात पकड़ में आयी कि ड्रगस लेने के कारण ऐसा हो रहा है। उसे छुट्टी दी गयी कि डॉक्टर के पास जाओ। नहीं, वह नहीं जायेगा—वह तो मजे में है। आखिरकार बेहोशी की हालत में, धमाचौकड़ी मचाने पर उसे जबरन पकड़कर दफ्तर के लोग ही रिहैब में दाखिल कर आये। जय को लड़खड़ाते हुए देखकर यमुना को शैलेन्द्र का लड़खड़ाना याद आता है।

एक दफा नींद से उठकर लड़खड़ाता हुआ जब जय टॉयलेट जा रहा था, यमुना ने पूछा था—"तुमसे कुछ बात करनी है मुझे जय, तुम्हारे पास समय है?"

जय टॉयलेट में बहुत देर तक रहा। दूर बैठी यमुना को बेचैनी हो रही थी, 'टॉयलेट में इतनी देर वह क्या कर रहा है?' करीब आधा घंटा बीत जाने पर यमुना ने दरवाजे पर दस्तक दी। तनाव के मारे पसीना-पसीना हो रही थी वह। नूपुर रसोई में थी और शौकत घर के बाहर गया हुआ था। "जय, इतनी देर तक बाथरूम में क्या कर रहे हो? तुम तो गुसल नहीं कर रहे हो, कर क्या रहे हो, सुन ज़रा! मुझे बाथरूम जाना है, दरवाजा, खोलो।"

दरवाज़ा फिर भी नहीं खुलता। और बीसेक मिनट बाद जब दरवाज़ा खुलता है तब देखा जय का चेहरा पसीना-पसीना हो रहा है और हाँफ रहा है—जैसे तो उसे साँस की तकलीफ हो रही है। वह जय को एक तौलिए में लपेट कर बिस्तर पर लिटा देती है, उस समय उसका पूरा शरीर काँप रहा था।

यमुना जय के बालों को सहलाते हुए कहती है—"जय अगर तुम ये सब छोड़

नहीं पा रहे हो तो मैं तुम्हें हेल्प कर सकती हूँ। तुम्हें तो जिन्दा रहना है, नहीं? तुम्हें तो जिन्दा रहना है।'' यमुना की आँखों से आँसू झरते रहते हैं। हथेली के पीछे से उन्हें पोंछते हुए यमुना कहती है—''अगर तुम खुद यह सब छोड़ न पाओ तो छोड़ने के लिए तुम्हारी मदद की जायेगी। प्लीज यह मदद तुम लो।'' नहीं वह किसी तरह की मदद नहीं लेगा, क्योंकि उसे इस जीवन से कोई प्यार नहीं है। वह सबसे नफरत करता है। खुद से भी। उसका शरीर ढीला-बेजान सा होने लगता है, बार-बार कहता रहता है—''आई हेट एवरीबॅडी'' जय के पास ही बैठी थी यमुना। नूपुर आकर उसे बुलाकर ले जाती है।

''सारी रात लिखाई-पढ़ाई करता है बेटा, दिन के वक्त थोड़ा सोता है, इस नींद को खराब मत करो।'' यमुना को कमरे से बाहर लाकर दरवाज़ा बन्द कर देती है नूपुर।

''उसे ज़रा अकेले रहने दो। बुखार से तकलीफ में है, कुछ खाना नहीं चाह रहा है।''

यमुना ने देखा है तरह-तरह के पकवान बनाकर नूपुर जय के मुँह के पास ले जा रही है, पर सब कुछ ठेले दे रहा है जय। बाहर के रेस्तराँ का खाना जो-जो इसको पसन्द है सब मँगाकर देख रही है कि खाता है या नहीं। बिना खाये फेंक दे रहा है सब। लेकिन इस पर भी नूपुर को एक बार भी शक नहीं हो रहा कि जय की हालत स्वाभाविक नहीं है।

यमुना छोड़ती नहीं। छल, बल, कौशल से जय को 'रिहैब' में ले जाने की तरकीब सोचती रहती है। सगे-सम्बन्धियों से कहकर कोई फायदा नहीं हुआ। आखिरकार डॉक्टर की सलाह से—911 पर फोन करती है—घर में उम्र का लड़का है, बर्ताव, बातचीत, चालढाल स्वाभाविक नहीं है—लगता है 'ड्रग ऐडिक्ट' है। ड्रायर में भी ड्रग्स मिले हैं। मुमकिन है ड्रग्स ही हों। खुद ही स्वीकार किया है। इतना सो क्यों रहा है। कहीं, ओवरडोज तो नहीं ले रहा? घर में सभी को लग रहा है कि हालत मुसीबत भरे हैं। कोई भी सुरक्षित महसूस नहीं कर रहा।

'कोई भी सुरक्षित महसूस नहीं कर रहा'—यह वाक्य जरूरी था। नहीं तो 911 इस स्थिति में कोई दिलचस्पी नहीं लेगा। 911 के लोग घर में आये थे। यमुना ने कोशिश की थी नूपुर और शौकत को समझाने की—''जय को ले जाने दो। डॉक्टर उसे देखें। अगर कोई बीमारी नहीं है तब तो अच्छा ही है—और अगर है तो इसी बहाने उसका इलाज हो जायेगा।''

''बूबू, तुम मेरा सर्वनाश कर रही हो। एक स्वस्थ लड़के को बीमार बनाये दे रही हो, ड्रग ऐडिक्ट होने की बदनामी मढ़ रही हो उस पर। उसका भविष्य नष्ट कर रही हो। मैं तुम्हें कभी माफ नहीं करूँगी। तुम मेरी बहन हो—यह सोचते भी

मुझे शर्म आती है। आज से तुम मेरी कोई नहीं। तुम चली जाओ इस घर से आज ही। मेरी गृहस्थी को उजाड़ने, मेरे बेटे का सर्वनाश करने तुम अब यहाँ आया न करो। तुम तो खूनी हो, सच नहीं है क्या? खून तो तुमने किया था—पाशा का। तुम मर्दों को सह नहीं पा रही हो। मेरे बेटे का खून करना चाह रही हो। क्या बिगाड़ा है मेरे बेटे ने तुम्हारा।''

911 के लोगों को नूपुर ने घुसने ही नहीं दिया, शौकत और जय के कमरों में। उन्हें कह दिया—जय बेहद भला लड़का है, पढ़ाई-लिखाई कर रहा है मन लगाकर। उन लोगों के घर देश से एक पागल महिला आयी है, वही यह सब घिनौने काम कर रही है। 911 को फोन किया है। इन सब बातों के लिए नूपुर बड़ी भद्रता से माफी माँग लेती है। पुलिस चली जाती है।

यमुना ने नूपुर को गले लगाकर शान्त करना चाहा था। नूपुर ने उसे धकेल दिया। धक्का खाकर यमुना औंधे मुँह गिर पड़ी। इस सबके बाद भी बिना असन्तुष्ट होकर बिना गुस्सा हुए उसने नूपुर की पीठ पर हाथ फेरते हुए कहा—''सब ठीक हो जायेगा, तू ज़रा शान्त हो जा, मुझे जिम्मेदारी दे दे, इस तरह मुझे गलत मत समझ। तुम लोग ही मेरे सबसे करीबी लोग हो। मैं जो कुछ कह रही हूँ, जय के भले के लिए ही कह रही हूँ।''

शौकत को इतना भयंकर होते कभी नहीं देखा यमुना ने। इतनी जोर से चिल्लाता है कि घर के दरवाजे, खिड़कियाँ हिलने लगते हैं, ''मेरे बेटे का भला आप को सोचने की जरूरत नहीं। दया करके मेरे बेटे का भला-बुरा मुझे ही सोचने दीजिए। मैं उसका पिता हूँ, समझीं? मैं उसका पिता हूँ। आप जय को मुझसे ज्यादा प्यार नहीं करती हैं। मान न मान मैं तेरा मेहमान। जन्म के बाद से जय को आपने पाला है या मैंने? उसके घर-द्वार, खाने-पीने, कपड़े-लत्ते, फोन, कम्प्यूटर का खर्चा आपने उठाया है? या मैंने? यहाँ आ धमकी हैं रिश्तेदारी दिखाने। यह मेरा फ्लैट है। मैं आपसे कह रहा हूँ—अभी अपना सूटकेस पैक कीजिए। आप चले जाइए। मेरे बेटे के लिए आपने 911 को बुलाया है—इतनी हिम्मत आपकी? मेरे ही फ्लैट में रहकर मेरा कितना बड़ा अपमान किया है आपने?''

नूपुर ने भी उसकी 'हाँ में हाँ' मिलाई थी। इसके बाद यमुना के लिए वहाँ रहना सम्भव न हुआ। उसने जल्दी-जल्दी अपना सूटकेस सँवारा और उस घर से चली गयी।

पास ही के किसी होटल में ठहरी। पास ही—क्योंकि अगर जय के लिए उसकी जरूरत पड़े तो यमुना टिकट की तारीख को और पीछे कर सकती थी। कलकत्ता चली जा सकती थी, पर नहीं गयी। बल्कि और कुछ दिन वहाँ रहने के लिए तारीख बढ़ा दी थी। और दो हफ्ते यमुना ने होटल में बिताये। कारण एक ही—एक न एक

दिन नूपुर का फोन आयेगा। वह कहेगी–जल्दी आ जाओ, जय जाने कैसा-कैसा कर रहा है। यह एक भयंकर डर था, उसके मन में। बहुत बार उसे लगा था कि नूपुर के पास जाकर उसे सब समझाकर कहे–"अगर जय ड्रग्स के ओवर डोज लेता रहा शायद वह और कभी आँखें नहीं खोल पायेगा। नूपुर और शौकत जो कुछ भी कह रहे हैं, इस बारे में पूरी तरह अनजान होने की वजह से कह रहे हैं। उनके अज्ञान और मूर्खता की परवाह करके रूठ कर दूर बैठे रहना क्या ठीक हो रहा है? अगर यमुना को ड्रग्स के नशे के बारे में ज्ञान न होता, तब तो उसे भी यह पता नहीं चलता कि क्या हो रहा है। वह भी नूपुर की तरह ही–सर चकरा रहा है, तबियत खराब है, इनफेक्शन हो गया, पेट में कुछ भी नहीं रहा, बदहजमी हो रही है। वगैरह–ऐसा ही कहती रहती। नूपुर और शौकत को भी वह दोष नहीं दे पा रही है बस सिर्फ जय को बचाने की तागीद के कारण ही इतनी कहासुनी के बाद भी वह ऐसा महसूस कर रही है। बहुत बेशर्म होकर उसने नूपुर को फोन भी किया है। नूपुर ने फोन नहीं उठाया। उसके बाद से ही वह एसएमएस. करती जा रही है। जय के नशे की आदत छुड़ाने के लिए क्या-क्या करना चाहिए–यही सब उपदेश। नूपुर जैसे तो उसके उपदेशों को मानती है। अगर उन्हें यमुना की जरूरत नहीं है तो न सही। नहीं जायेगी वह। लेकिन कुछ डॉक्टरों के नाम-पते वह एसएमएस के जरिये भेज देती है। दो हफ्ते में एक बार भी पलटकर फोन नहीं किया, और न ही एसएमएस का कोई जवाब ही दिया नूपुर ने। यमुना को यकीन है एक न एक दिन नूपुर को अपनी गलती का एहसास होगा। पर तब तक देर न हो जाये।

दो हफ्ते बाद कलकत्ता लौट आने पर भी यमुना जय के बारे में दुश्चिन्ता करती रहती है, फोन करके देखा नूपुर उठा नहीं रही। ई-मेल किया तो उसका जवाब नहीं दिया। जय की उस करुण अवस्था को देखकर उसे लगा था कि जैसे जय व्याकुल होकर सब को मिन्नत कर रहा है उसे बचा लेने की। बाहर के लोग तो समझते हैं इसे ड्रग की लत है, पर उसके अपने माँ-बाप ही नहीं समझते। शायद समझते हैं लेकिन जबरदस्ती इसको अस्वीकार करना चाहते हैं। या फिर इन्होंने अपने मन में एक अनोखी दुनिया बसा ली है–उसी दुनिया में ही रह रहे हैं अपने विश्वास से। नूपुर को कुछ ई-मेल भेज देती है यमुना। क्योंकि अगर कोई दुर्घटना घट जाये तो नूपुर ही उसे रो-रोकर कहेगी–बूबू, तुमने मुझे तब क्यों सब कुछ समझाकर नहीं कहा–लड़का बच तो जाता। क्यों तुमने मुझे नहीं मारा, क्यों तुम जबरदस्ती डॉक्टर के पास नहीं ले गयीं। मान लिया कि हम लोगों को कुछ समझ नहीं आया, हम बेवकूफ हैं, पैसे कमाने के लिए हम गधे की तरह काम करते हैं, दीन-दुनिया की कोई खबर नहीं रखते, ड्रग्स किसे कहते हैं, कैसे दीखते हैं, क्यों खाते हैं लोग, ये खाने से क्या होता है, हमें कुछ नहीं पता। तुम तो जानती थीं। सब जानते हुए

भी, किसी तरीके से जय को क्यों नहीं बचाया? तुम्हें तो सब कुछ दिखाई दे रहा था—माना कि हम तो जैसे अन्धे हो गये थे। दोष से अपने को बचाने के लिए नहीं, यमुना जो भी करती है दिल से करती है। जय को बचाने के लिए करती है। जय मर रहा है या मर जाएगा इसका कोई आभास नहीं है। लेकिन अन्दर ही अन्दर जो एक भयंकर आशंका—एक डर बैठ गया है मन में—उसी की वजह से वह यह सब करती है। ऐसी ही आशंका तपु के वक्त भी थी उसके मन में। पाशा तपु को मार डालना चाहता था। एक बीवी-बच्चे वाले आदमी चोरी-छुपे एक और सन्तान-सगे सन्तान का बाप भी है—इस बात को पाशा ने पहले-पहले मान भी लिया, पर बाद में मान पाना मुश्किल था उसके लिए। उस समय यमुना के पास भी समय नहीं था कि पाशा के साथ लगी रहे। पाशा की उस टूटी-फूटी मानसिक हालत, डर और आशंका से भरे रहना दिन-रात—इन सब का और सामना नहीं कर पा रहा था। यमुना ने गौर किया था कि पाशा अब तपु को सह नहीं पा रहा। तपु की ओर खौफ़नाक नज़रों से देखता रहता। गोल लेकर खिलाने के बहाने जोर से ऊपर की ओर उछाल देता था, पकड़ लेता था, लेकिन न पकड़ने पर क्या हो सकता है—यह भी परखता था। यमुना की अनुपस्थिति में अकसर रोज ही यमुना के फ्लैट में पाशा का बैठे रहना यमुना को बिलकुल भी अच्छा नहीं लगता था। यमुना सोचती थी वह तपु से प्यार करता है चाहे जो भी, है तो अपनी ही सन्तान। लेकिन जब फूली ने बताया कि पाशा तपु को उठा-पटक करता है, परेशान करने वाली हरकतें करता है तो डर से यमुना का बदन ठंडा पड़ने लगता है। तब क्या पाशा तपु के पास प्यार से नहीं—बिना प्यार से आता है? तपु का जन्म लेना पाशा ने चाहा नहीं था। लेकिन यमुना ने सोचा था—"यूँ तो कितने माँ-बाप के बच्चे अनचाहे होते हैं—पर आखिरकार प्यार तो धीरे-धीरे पनपता ही है।"

पाशा की पैंट की जेब में जो फ्लैट की चाबी रहती थी, यमुना ने एक दिन वह निकाल ली। बाद में जब पाशा चाबी ढूँढ़ नहीं पा रहा था, यमुना ने ही कहा—"दरअसल मैं नहीं चाहती कि तुम खाली घर में आओ। मेरे दफ्तर से लौटने पर ही आया करो न। तुम्हारा भी तो दफ्तर है।"

"मतलब?"

"मतलब क्या? न समझने की तो कोई बात नहीं है। मैं नहीं चाहती कि मैं जब न रहूँ तो तुम मेरे फ्लैट में जाओ। तुम्हारा फ्लैट में जाना ठीक नहीं दिखता। घर में कमउम्र की काम वाली लड़की है। आजकल कितनी तरह की घटनाएँ घटती हैं।"

"इसका मतलब? तुम क्या यह कहना चाह रही हो कि फूली को मैं 'रेप' करूँगा?"

"ऐसा तो मैंने नहीं कहा।"

“ऐसा नहीं कहा तो यह क्यों कहा कि आजकल तरह-तरह की घटनाएँ घट रही हैं।”

“नूपुर घर में रहे तो ठीक है।”

“क्यों? ठीक क्यों रहेगा? आज फूली को लेकर कह रही हो, कल नूपुर को लेकर कहोगी।”

“ये सब इंपोर्टेंट बातें नहीं हैं।”

“तो फिर इंपोर्टेंट बातें क्या हैं, सुनूँ ज़रा। कमीन लोगों की तरह बोले ही जा रही हो। छीः।”

“तपु से बहुत प्यार करते हो?”

“करता ही हूँ। उसके साथ थोड़ा समय बिताने, मौका मिलते ही चला आता हूँ।”

“अच्छा? ऐसा? उसका जन्म लेना ही तुम्हें मंजूर नहीं था। कितनी बार तुमने अबॉरशन की बात कही। तपु को प्यार से कभी छुआ हो, ऐसा कभी नहीं देखा। तपु दिखने में तुम्हारी तरह हुई है—यह बात तुम सह नहीं पा रहे हो। शायद तुम चाहते हो कि एक तेज छुरी लेकर उसका चेहरा काट-कूटकर ज़रा पलट दो, जिससे वह तुम्हारी बेटी है इस बात के लिए तुम पकड़े न जाओ। नहीं?”

“यमुना, तुम्हें पता नहीं कि तुम क्या कह रही हो। तपु के जन्म लेने के बाद से ही तुम मुझे बरदाश्त नहीं कर पा रही हो। हर समय मुझे दुश्मन समझ रही हो। तुम्हारे लिए मेरी जरूरत अब खत्म हो गयी है, है न? तुम अव्वल दर्जे की स्वार्थी हो। आजकल मैं पगलाया रहता हूँ। उधर मेरा परिवार है, और इधर तुम, तपु। मैं किधर जाऊँ? बोलो?”

“तुम उधर ही जाओ। उधर दिमाग में गड़बड़ी होने की कोई बात नहीं है। हम दोनों की शादी नहीं हुई। तपु ऑफिशियली मेरी बेटी है। तुम्हारे साथ उसका गैरकानूनी रिश्ता है, कानूनी रिश्ता नहीं। तुम निश्चिन्त होकर अपने परिवार का साथ निभाओ।”

उन दिनों की बात सोचकर यमुना का शरीर ठंडा पड़ जाता था। पाशा तपु को निश्चिन्त कर देने का प्लैन बना रहा है। फूली के मत्थे सारा दोष मढ़कर वह खुद भलामानस बनना चाह रहा है—यह समझने में यमुना को बहुत समय लगा। किसी पर अचानक अविश्वास करना यमुना के लिए बहुत मुश्किल और असुविधाजनक है। खासकर उस व्यक्ति पर जो लम्बे समय से साथ रहता रहा, लम्बे अर्से से जो सिर्फ एक व्यक्ति ही नहीं, बहुत पास का था, प्रेमी था।

तपु को बचाने के लिए जो करने की जरूरत थी, यमुना ने किया। उसे एक बार भी अफसोस नहीं हुआ कि इस दुनिया में पाशा नाम का कोई नहीं है। यमुना

को ठीक से पता नहीं है कि किस वजह से पाशा इतना पगला गया था? क्या असल में अपने परिवार की बात सोचकर ही? यह सोचकर कि उसकी पत्नी, और बच्चे बड़े होने पर अगर जान जायें कि पाशा का किसी दूसरी औरत के साथ सम्बन्ध होने के कारण एक बच्चा भी जन्मा है, एक-दूसरे घर में। तब सगे-सम्बन्धियों के बीच मुँह दिखाना भी मुश्किल हो जायेगा। अगर लोगों को मुँह दिखाना इतनी बड़ी समस्या थी पाशा की तो कैसे वह साल दर साल प्रेम करता था यमुना के साथ। उस तरह से बिल्कुल पति-पत्नी की तरह रहता था। शायद रात को सिर्फ सोने जाता था घर में, लेकिन ऑफिस टाइम के अलावा जितना भी समय बचता था वह यमुना के साथ ही बिताता था। अचानक ही इतना पवित्र-पावन होने की इच्छा क्यों जागी पाशा के मन में? पाशा ने भी तो समाज का उँगली उठाना, खुसपुस, बतकही को तुच्छ मानकर अनदेखा किया था।

यमुना के लिए यह समझ पाना सम्भव नहीं हो रहा था। या फिर यमुना का धीरे-धीरे दूर हट जाना ही क्या इसका कारण था? तपु के जन्म के बाद यमुना पाशा को धीरे-धीरे अपने जीवन से दूर हटा देगी, क्या इसी आशंका से पाशा ने तपु को मिटाकर यमुना को पहले की तरह पाना चाहा था? यमुना को आज भी यह नहीं पता है। पाशा नहीं है, इसलिए यमुना के मन में कोई अनुताप नहीं है, लेकिन पाशा के लिए यमुना के मन में अजीब सी ममता उपजती है। यमुना करुणा का सागर बन सकती है—पर फिर पत्थर सी कठोर भी। कभी-कभी उसे लगता है कि वह अभी भी अपने को आविष्कार कर रही है। अभी भी वह थोड़ा-थोड़ा कर अपने को जान रही है, पहचान रही है। तपु को बचाने की खातिर पाशा को दुनिया से हटा देने के लिए वह उस पल जी-जान लड़ाने को तैयार थी। नूपुर तब मयमनसिंह में थी। तपु को लेकर फूली रहती थी घर पर। अगर उस दिन अचानक दोपहर को घर नहीं लौटती यमुना तो तपु को बचा नहीं पाती। उसे पक्का विश्वास है वह उसे बचा नहीं पाती। इसमें कोई किन्तु-परन्तु नहीं है। उस दिन नूपुर ने सुबह मयमनसिंह से यमुना के दफ्तर में फोन किया। उसे एक सर्टिफिकेट की तारीख और नम्बर का पता लगाना है, अभी इसी समय। इसे लेने ही यमुना घर आयी थी। और घर आते ही देखा था—घर बिल्कुल अस्त-व्यस्त, फूली बाथरूम में, तपु बरामदे में चीख-चीखकर रो रही है—अकेले। तपु को गोद में उठाकर देखा चेहरा नीला पड़ा हुआ है। सिर पर चोट के निशान, बदन पर नाखून की खरोंचें, गर्दन पर पाँचों उँगलियों के निशान, जमे हुए खून के निशान। यमुना फूली को बुलाते हुए देखती है कि वह बाथरूम में घुसी बैठी है। दरवाजा धकेलती रहती है, थोड़ी देर बाद फूली दरवाजा खोलती है—उसके सारे चेहरे पर आतंक फैला है। वह दौड़कर दूसरे कमरे से अपना बैग उठाकर कन्धे पर रखे बाहर के दरवाजे की ओर दौड़ जाती है। पीछे

से तपाक से फूली को पकड़कर, घसीट कर लाती है यमुना। एक झटके में उसके हाथ से बैग छीन लेती है।

"मुझे कुछ नहीं पता। जो किया पाशा भाई ने किया।" कहकर फूली रोती रहती है जोर से। इतनी जोर से रोने पर किसी को भी लगेगा कि फूली की पिटाई हो रही है।

तब तक यमुना को समझ नहीं आया था कि पाशा ने क्या किया है। उसे लग रहा था कि शायद पाशा ने फूली के साथ यौन सम्बन्ध की कोशिश की है। लेकिन उसका यह हाल किसने किया? पलँग पर से नीचे गिरा दिया। दाँत और नाखूनों से तपु को फाड़ रखा है। कुछ तो घटा है, क्या घटा है? फूली को घसीट कर अन्दर लाती है। फिर यमुना ने पूछा। उसका शरीर काँप रहा था उत्तेजना और गुस्से से। वह रोये जा रही है। तपु के मुँह पर पानी की बोतल रखते ही फूली हवा हो गयी।

फूली हवा जरूर हो गयी, लेकिन बैग लेकर नहीं गयी। बैग में दस हज़ार रुपये। कहाँ से मिले फूली को यह रुपये। यमुना के अपने कोई रुपये पैसे चोरी नहीं हुए फिर फूली के हाथ ये पैसे कैसे लगे? तब भी यमुना के मन में बुरी से बुरी आशंकाएँ पनप रही थीं। फूली के साथ—एक सोलह-सत्रह साल की किशोरी के साथ यौन-सम्बन्ध, पाशा ने रुपये देकर खरीदा है। रात को अपने घर अपनी बीवी के साथ और दोपहर को लंच आवर में मौका पाते ही तपु को देखने के बहाने फूली के साथ। तब भी यमुना को यह पता न था कि दरअसल यह तपु को मार डालने के लिए 'घूस' है। तब तक यमुना बुरा ही सोच रही थी, इससे भी भयंकर बुरे की बात सोच नहीं पायी थी।

यमुना पाशा के दफ्तर में फोन करती है—"तुम आज आये थे मेरे फ्लैट में?"

"सुबह ऑफिस आने के समय एक बार झाँककर आया। फूली तपु की देखभाल ठीक से कर रही है या नहीं।"

"फूली के बैग में रुपये क्यों हैं?"

"रुपये?"

"हाँ, रुपये।"

"तुमने क्या उसके साथ...."

"उसके साथ क्या?"

"उसके साथ सो रहे हो?"

"हाः हाः हाः। यमुना तुम पागल हो गयी हो। आई लव यू। आई लव यू। तुम्हारे अलावा और कुछ सोच नहीं पाता। और मैं तुम्हारी कामवाली के साथ सोऊँगा। वह भी रुपये देकर। दस रुपये में बाहर कुँवारी (वरजिन) मिल जाती है, फॉर योर इनफॉरमेशन दस हजार रुपये नहीं लगते, ईडियट।"

हाँ ठीक ही है। यमुना पागल हो गयी है। यमुना एक ईडियट है। फूली की तरह एक मोटी-ताजी काली लड़की को जो आदमी बदसूरत या असुन्दर मानता है, दस हजार रुपये देकर उसके साथ सोयेगा, जब कि वह यमुना की तरह एक सुन्दरी के साथ मुफ्त में सो पा रहा है।

''तो फिर फूली को रुपये कहाँ से मिले?''

''मुझे क्या पता। शायद देस से लायी है।''

''जिसके पास दस हजार रुपये हों, वह दूसरों के घर काम नहीं करती। दस हजार खत्म हो जाने पर दूसरों के घर काम करती हैं।''

''एक बार वह मुझसे कह रही थी कि उसके पिता की कहीं एक जमीन थी—पचास हजार में बिकी है वह जमीन। चालीस हजार उसकी माँ ने लिए हैं, उसने लिए हैं दस। कह रही थी कि वह रुपये बैंक में रखना चाहती है।''

''अच्छा? मुझे तो नहीं कहा उसने। तुम्हें क्यों कहा?''

''इसमें भी तुम्हें शक हो रहा है।''

''दरअसल बात यह है पाशा कि शक हो रहा है।''

''वह तुम्हारी प्रॉब्लम है।''

''सिर्फ मेरी ही नहीं, तुम्हारी भी प्रॉब्लम है। ऐसा कुछ हो रहा है जो मुझे नहीं मालूम। मेरे अनजाने ही कुछ घट रहा है।''

यमुना फोन रखकर दौड़ती है क्लिनिक की ओर। तपु के पूरे शरीर का परीक्षण करके डॉक्टर ने कहा, ''इसे टॉरचर किया गया है। शरीर पर काफी इनजरीज़ हैं। शायद इसका दम घोंटने की भी कोशिश की गयी है। गले और गर्दन पर उँगलियों के निशान मिले हैं। शरीर की कई जगहों पर नाखून के खरोंच के निशान हैं। बहुत-सी जगहों पर खून जम गया है।''

''उसे क्या मार डालने की कोशिश की गयी थी?''

डॉक्टर ने कहा था—''मार डालने की कोशिश की गयी या नहीं, कहा नहीं जा सकता, पर 'बेबी मिसहेंडेल्ड'। कामवाली के पास बच्चे को छोड़ने पर अक्सर ही ऐसी घटना होती है। इसमें अस्वाभाविक कुछ भी नहीं है। मालिक के साथ नाराज़गी होने पर कामवाली बच्चे को टॉरचर करके बदला चुकाती हैं।''

''उँगलियों के निशान कैसे हैं? औरत के या आदमी के।''

''किसके पास अपनी बच्ची को छोड़कर जाती हैं आप? कामवाली न?''

''हाँ।''

''तब औरत के होंगे।''

''ऐसा क्यों? बाहर से आये किसी आदमी/मर्द ने आकर उसे मार डालने की कोशिश की होगी—शायद कामवाली ने ही रोका होगा।''

"हो सकता है। लेकिन इतनी छोटी बच्ची को कौन मारने आयेगा? आपके क्या बहुत दुश्मन हैं?"

"बहुत सारे दुश्मनों की जरूरत है क्या? एक ही काफी होता है।" यमुना लम्बी साँस लेकर डॉक्टर के चेम्बर में बैठ जाती है। डॉक्टर मुस्कुराते हैं। जमुना के होंठों पर एक कड़वी हँसी है।

"आपको क्या लगता है कि किसी बाहर के आदमी ने यह किया है। तब तो आप थाने में डायरी कीजिए। और कामवाली के पास लड़की को छोड़ जाना, मैं यह एकदम रेकमेंड नहीं करूँगा। थोड़ा मरहम लगाइए, थोड़ा सिरप पिलाइए बच्ची को।"

यमुना ऑफिस से छुट्टी ले लेती है। फूली कहाँ चली गयी, उसे कुछ पता नहीं। वह फोन से नूपुर को सबकुछ बताती है, जल्दी आ जाने को कहती है। नूपुर दो दिन बाद आती है। वे दो दिन यमुना तपु को छोड़कर एक मिनट के लिए भी कहीं नहीं गयी। दो दिनों में ही बहुत कुछ घट जाता है।

यमुना को फूली की बहुत जरूरत है। धुर गाँव की लड़की, ढाका शहर में कभी नहीं आयी। वह घर से भागकर जाएगी कहाँ?

पाशा के आने पर यमुना पाशा को पूछती है।

"फूली कहाँ है?"

"मुझे क्या पता?"

"तुम्हें जरूर पता है। तुमने रुपये दिये हैं उसे।"

"मतलब?"

"तुमने फूली को दस हजार रुपये दिये हैं। तुम्हारा सेक्स अगर यहाँ ईश्यू नहीं है तो तपु का कुछ बुरा करने के लिए तुमने उसे वह रुपये दिये हैं।"

"तुम पागल हो गयी हो यमुना। तपु मेरी बेटी है।"

"तुम्हारी बेटी है, यह पता है मुझे। कितने ऐसे बाप हैं जिन्होंने अपनी पाँच साल, तीन साल यहाँ तक कि दो-तीन महीने की बच्चियों को रेप किया है। देखते नहीं हो अखबार में?"

"तुम्हारी जबान खींचकर उखाड़ लेने की इच्छा हो रही है।"

"लेकिन मुझे तुम्हें मार डालने की इच्छा हो रही है।"

पाशा को मार डालने के लिए शायद यमुना उस समय तक तैयार नहीं थी। लेकिन उसने उसे मार डालने का फैसला उस समय किया जब पाशा ने यमुना को धकेलकर तपु को पलँग से उठाकर ऊपर उछाल दिया। तपु का सिर जमीन से नहीं टकराया। क्योंकि फर्श पर फूली का गद्दा बिछा था, उस पर गिर कर वह बच गयी। लेकिन उसका शरीर काँच की अलमारी से टकराया। यमुना ने तेज़ी से तपु को गोद में उठाया और तूफान की तरह फ्लैट से निकल गयी। थोड़ी देर तक तपु

होश में नहीं थी। तपु को बचाने के लिए हाथ में रुपया-पैसा नहीं है। पैरों में जूते नहीं हैं, यमुना दौड़ती है। बेबी टैक्सी लेती है। या तपु जिन्दा रहेगी या पाशा। यमुना उस समय पागल सी हो गयी थी। तपु की जाँघ में काँच के टुकड़े घुस गये थे, खून बह रहा है। बहते खून को बन्द करने के लिए यमुना ने अपने आँचल को घाव पर दबा रखा था। होली फैमिली अस्पताल पहुँच कर बेबी टैक्सी वाले से बस इतना ही कहा—''मेरे घर में आकर कल टैक्सी भाड़ा ले लेना।''

''भाड़ा नहीं लगेगा आपा, अपने बच्चे को बचाइए आप।''

ओह, इस गरीब बेबी टैक्सी वाले के दिल में भी बच्चे के लिए दया-ममता है। सिर्फ पाशा के दिल में ही नहीं है शायद। यमुना अपने जान-पहचान के दो डाक्टरों के हाथ बच्चे को सौंपकर शान्तिबाग की तरफ दौड़ती है। फ्लैट से उसे रुपये लाने हैं। प्राइवेट अस्पताल में पहले पैसे देने होते हैं, न देने पर इलाज शुरू नहीं करते। जान-पहचान है, शायद इसी से थोड़ा लिहाज करेंगे, लेकिन रिस्क लेने की जरूरत ही क्या है, हाथ में रुपये रहें तो अच्छा है। बेबी टैक्सी को खड़ी करके वह फ्लैट में घुसती है। दरवाजा सपाट खुला है। फूली को कई बार बुलाया, फिर खयाल आया कि फूली तो भाग गयी है। फूली का बैग तो है। बैग में रुपये नहीं हैं। घर में पाशा नहीं है। तब तो बैग से पैसे निकाल कर वह भी भाग गया। अब कोई सबूत ही न रहा कि उसने फूली को पैसे दिये थे। यमुना को बेहद इच्छा हो रही थी फूली से मिलने की। फूली को ही सब कुछ पता है कि क्या हुआ है।

''सब पाशा भाई ने ही कियाा है जो किया।'' फूली ने रो-रोकर कहा था।

''क्या किया था पाशा ने?''

फूली ने आगे कुछ नहीं बताया। डर के भाग गयी थी। यमुना के लिए जरूरी है कि एक बार फूली से बात करे। उसका सिर चकरा रहा है, चकराता रहता है। बैग लेकर दरवाजे पर ताला लगाकर निकल जाती है यमुना। नफरत और गुस्से से भरी वह थूकती है बार-बार। इस पाशा नाम के आदमी के साथ उसने कितने साल बिताये हैं। कितने-कितने दिन उसने उसे खाना पकाकर खिलाया है। कपड़े-लत्ते धोकर इस्तरी किये हैं। कितनी जगह घुमाने ले गयी है। कितने सालों तक वह पाशा से कहती रही है कि वह उससे प्यार करती है। उसकी आँखें भर आती हैं। उसके जबड़े सख्त हो जाते हैं। वह दाँत पीसती है। उसकी आँखों के सामने घटी है वह घटना, लेकिन फिर भी जैसे उस दृश्य पर विश्वास नहीं कर पाती। पाशा ने आज तपु को फर्श पर पटक दिया है—जिससे वह मर जाय। तपु की उम्र सिर्फ एक साल छः महीने है। अस्पताल में डॉक्टर लोग जरूर बचाने की कोशिश करेंगे। पाशा ने आज तपु को ऐसे ही नहीं पछाड़ा, वह वाकई में उसे मार डालना चाहता था। उसे मार डालने की इच्छा उसकी बहुत दिनों की है। यमुना को अब कोई शक नहीं कि

फूली को वह रुपये पाशा ने ही दिये थे—तपु को मार डालने के लिए। आज अगर तपु की जान बच भी जाती है, तो भी पाशा के चंगुल से वह बचेगी कैसे? पाशा तपु को जिन्दा नहीं रहने देगा, भागकर जमुना जायेगी कहाँ?

तपु को इनटेन्सिव केयर यूनिट में रखा गया है। ऑक्सीजन दिया है। जख्मों की ड्रेसिंग की है। शरीर में खुबे छोटे-छोटे काँच के टुकड़ों को निकाला है। सर पर बैंडेज लगाया है। दो दिन उसे अस्पताल में रखना होगा। डॉक्टरों ने सिर की चोट को लेकर दुश्चिन्ता जतायी। सिर के लिए जो भी परीक्षण करने की जरूरत है किया है उन्होंने। गद्दे पर सिर गिरने से बच तो गयी, पर चोटें सिर पर लगी ही हैं। कैसे? यमुना को नहीं पता। फ्लैट में रहने के बजाय तपु का अस्पताल में रहना ही अभी खतरे से बाहर है। यमुना तपु की देखभाल करने के लिए एक आया रखती है। वह स्वयं बहुत रात को वहाँ से निकलती है। घर में पहुँचकर देखती है—पाशा-पाशा बिस्तर पर लेटा हुआ है। दूसरा कोई दिन होता तो इस तरह लेटे हुए पाशा को यमुना पीछे से बाँहों में भर लेती। पाशा पलट कर यमुना को सीने से चिपटाकर चूमता। प्रेम में पगे हुए दोनों जैसे बादलों में तैर रहे होते और इन्द्रधनुष को छू लेते। आह—वह इन्द्रधनुष का खेल खेलना! आज दूसरा खेल खेलेगी जमुना।

किचन में बिजली का तार पड़ा था। वह ले आती है तार। पाशा आज तपु को मार डालने जैसी घटना को अंजाम देने के बाद भी यमुना के फ्लैट में आया है—इसकी वजह क्या है? उसके मन में डर नहीं है? इतना बेशर्म आदमी यमुना ने जिन्दगी में नहीं देखा। पेट के बल लेटा हुआ है। सो रहा है क्या? या फिर यमुना के सरेंडर की प्रतीक्षा कर रहा है? दोनों में झगड़ा होने के बाद, पाशा की यह आदत है। वह उलटा लेटा रहता है—और इन्तजार करता रहता है कि कब यमुना धीरे-धीरे उसकी पीठ सहला देगी। उसका मतलब होता है—युद्ध नहीं, चलो प्यार करें, सुलह कर लें। पाशा क्या सोचता है—जिन्दगी भर सुलह चलती रह सकती है क्या? कुछ-कुछ ऐसे भी विषय होते हैं, जिनके बारे में कोई सुलह नहीं हो सकती।

उसकी पीठ पर धीरे-धीरे हाथ फेरती हुई वह पूछती है—"कुछ खाओगे?"

"नहीं, तपु कहाँ है?"

"अस्पताल में। क्या हुआ था तुम्हें। अचानक तपु को उठाकर फेंक क्यों दिया?"

"मैंने तो चादर उढ़ा दी थी। मैंने तो नहीं देखा कि तपु को वहाँ सुला रखा है।"

"ओ, यह कहो न कि देखा नहीं है।"

"वही तो। तपु अच्छी तो है न? किस अस्पताल में है बताओ। मैं देखने जाऊँगा।"

"जाना है। मैं ले जाऊँगी तुम्हें।"

"तुम फिक्र न करो। ठीक हो जायेगी। सिर पर तो चोट नहीं लगी।"

"हाँ, डॉक्टर ने भी ऐसा ही कहा, ज्यादा चोट नहीं आयी। फिर भी आज वह अस्पताल में ही रहे, कल सुबह ले आऊँगी।"

"फ्लैट की चाबी तो तुम्हारे पास नहीं थी। मिली कहाँ से तुम्हें?" यमुना ने हँसकर कहा।

पाशा ने भी हँसते-हँसते कहा—"जादू, जादू।" पीछे हाथ फेरते-फेरते पाशा के दोनों हाथ वह बिजली के तारों से बाँध देती है।

पाशा वैसे ही उलटा लेटे-लेटे कहता है—"बाँध क्यों रही हो? दुख रहा है न।"

"कसकर बाँधकर फिर दोनों पैर भी बाँध देती है।"

"यह हो क्या रहा है?"

कई बार पाशा ने अपने हाथ-पैर बाँधे हैं सम्भोग करते समय। ऐसा करने पर उसे ज्यादा मज़ा आता है, उसने कहा था।

यमुना पाशा के नितम्बों पर हाथ फेरते-फेरते हाथ पैंट के अन्दर घुसा देती है। पाशा के गले से लाड़भरा स्वर निकलता है। पीछे से ही वह उसकी दोनों जाँघों के बीच अपनी हथेली घुसा देती है, उसके पुरुषांग पर हथेली फेरती है। पाशा उलटकर सोना चाहता है। यमुना उसे रोकती है। अपना हाथ उसके अंडकोष पर फेरती है। अब वह अपनी पूरी ताकत से दबाती है। 'यमुना' दिल दहला देने वाली चीख के साथ-साथ छीजता-सिकुड़ता जाता है पाशा। यमुना दोनों हथेलियों से दबाव डालती जाती है। यमुना ने म्यूजिक चला दिया या, अब वह एक हाथ से म्यूजिक का वॉल्यूम और बढ़ा देती है, जिससे पाशा की जानलेवा दर्द की चीख बाहर का कोई सुन न पाये। पाशा कराहता रहता है, उसके मुँह से झाग निकलती रहती है। उसका मुँह खोलकर यमुना ह्विस्की डालती रहती है। करीब आधी बोतल ह्विस्की वह पाशा के गले उतारती है। इसके बाद दो टुकड़े डबल-रोटी के अन्दर चूहामार दवा भरकर उसके मुँह के अन्दर घुसेड़ देती है। इसके बाद एक चौड़ा-सा टेप लगा देती है मुँह पर। पाशा जोर से छटपटाता है। वह हाथ का तार तोड़ नहीं पाता, न ही पैरों का।

शरीर जब सुन्न सा हो पड़ा रहा उसने उसके हाथ और पैर के बन्धन खोल दिये। नहीं, तब तक मरा नहीं था। उसके शरीर को घसीट कर गेट से बाहर छोड़ आती है। "बड़ी सड़क से एक रिक्शा या बेबी टैक्सी ले लेना।" पाशा गिरता-पड़ता सामने की ओर चलता रहता है। शराबी समझ कर कई लोग गाली-गलौज भी करते हैं। यमुना चाहती थी—उसके घर की चौहद्दी से दूर बहुत दूर जाकर मरे।

दूसरे दिन जब दोपहर को अस्पताल में तपु को देखकर घर लौटी तो देखा नूपुर आयी है। नूपुर से लिपटकर बहुत देर तक ज़ार-ज़ार रोयी यमुना। फिर नूपुर को सब कुछ बताया। उसके ऊपर कितनी मुश्किलें आयीं, कितना बोझ शरीर-मन पर,

सब बताया नूपुर को। सब। नूपुर को सब कुछ बता पाने पर जैसे उसे मुक्ति मिली उस दिन। यमुना ने नूपुर के लिए बैंक में एक नौकरी की बात की थी। नौकरी जॉयन करने से पहले नूपुर मयमनसिंह गयी थी, कुछ सर्टिफिकेट लेने। ढाका लौटते ही देखा सब उलट-पुलट हो गया। दुनिया ही बदल गयी।

नूपुर ने चुपचाप सबकुछ सुनकर कहा—"बूबु, तुम तपु को लेकर आज ही कहीं चली जाओ।"

"कहाँ जाऊँगी?"

"दूर कहीं।"

"दूर कहीं मतलब?"

"मुझे बहुत डर लग रहा है, वे लोग तुम्हें नुकसान पहुँचाने की कोशिश करेंगे।"

"कौन लोग?"

"पाशा के रिश्तेदार।"

"पाशा तो मरा नहीं है। शायद वह नहीं मरा।"

"तुम्हें कैसे पता वह नहीं मरा?"

"चल तो रहा था। अस्पताल तक पहुँच गया होगा तो मरेगा नहीं।"

"रास्ते में ही शायद कहीं मरा पड़ा होगा। एक पल की भी देर न करो। मुझे डर लग रहा है। सारी जिन्दगी जेल में काटनी पड़ेगी या मौत की सजा मिलेगी। तपु के लिए जिन्दा रहो। अपने लिए जिन्दा रहो। पाशा की तरह पत्थर दिल एक आदमी के लिए अपनी जिन्दगी बरबाद न करो।"

नूपुर का उपदेश यमुना सुन रही थी। दूसरे ही दिन वीसा, उसके बाद वाले दिन टिकट, फिर दिल्ली। एक नया अद्‌भुत जीवन शुरू होता है यमुना का।

दूसरे दिन शान्तिबाग वाले घर में पुलिस आयी थी। नूपुर ने बता दिया था कि पाशा वाशा की खबर उसे नहीं है। थोड़े दिन पहले उसे इतना ही पता चला है कि पाशा शाहबाग की सड़क के किनारे पड़ा हुआ था। पुलिस उठाकर ले गयी और अस्पताल में दाखिल करा दिया। अस्पताल की इमरजेन्सी में था वह तब भी कराह रहा था। डॉक्टरों की हड़ताल थी। तीन घंटे इमरजेन्सी में बगैर इलाज के लेटे रहने पर पाशा गुजर गया। 'अगर सही टाइम पर सैलाइन वगैरह मिल जाती तो शायद जिन्दा रहता, नूपुर के एक परिचित डॉक्टर ने ऐसा ही कहा। वह डॉक्टर ढाका मेडिकल अस्पताल में ही नौकरी करता है, जिस मेडिकल में पाशा को रखा गया था। पाशा के रिश्तेदारों ने कोई पोस्टमार्टम वगैरह करवाना नहीं चाहा था। पोस्टमार्टम नहीं हुआ था। नूपुर ने चैन की साँस ली। पुलिस तीन दिन यमुना की तलाश में शान्तिबाग आयी थी। नूपुर को यमुना सोचकर तरह-तरह के प्रश्न पूछकर चले गये।

पाशा के परिवार से किसी ने भी पाशा की प्रेमिका के बारे में खोजबीन करना नहीं चाहा। पाशा सरकारी दफ्तर में मेकैनिकल इंजीनियर था। उसकी बीवी टीचर है। दो पुत्र सन्तान का पिता था वह। समाज में मान-इज्जत है। पढ़ा-लिखा भद्र व्यक्ति, तिस पर बड़ा सरकारी अफसर सड़क पर पड़ा रहता था या छिपछिपाकर किसी के साथ प्रेम करता था या सोता था ये बातें लोगों को पता लग जायें तो मुसीबत ही होगी। जो चला गया वह तो और लौटकर नहीं आयेगा। 'केंचुआ खोदने जाओ तो साँप निकल आये' तो बड़ी मुश्किल होगी। तो केंचुआ खोदने की जरूरत ही क्या है? उसकी मौत को एक स्वाभाविक मौत बताकर मामला रफा-दफा कर दिया गया।

नूपुर सोचती रहती है—तपु को बचाने के लिए जो उपदेश नूपुर ने यमुना को दिये थे, यमुना ने उन पर अमल किया था। लेकिन जय को बचाने के लिए यमुना ने जो उपदेश दिये थे, वह नूपुर ने नहीं सुने। इसीलिए जय को बचा नहीं पायी नूपुर। यमुना थी एक नये देश में, एक बीमार बच्ची को गोद में लिए, कोई जान-पहचान नहीं, एक असहाय लड़की। कितनी उम्र रही होगी जमुना की? यमुना जब शिद्दत से लड़ रही थी एक नयी जमीन पर, नूपुर ने उस समय अपने चहेते प्रेमी शौकत के साथ धूमधाम से शादी कर ली थी। सगे-सम्बन्धियों की दुआ और आशीषों को लेकर नये दम्पति ने कूच किया था अमरीका की ओर। नूपुर को नयी धरती में अकेले लड़ाई नहीं करनी पड़ी। कहाँ वह शान्तिबाग, कहाँ वह दो बहनों का एक घर में बाकी जिन्दगी हँस-खेल कर बिता देने का प्यार भरे दिनों का वह सपना, अचानक एक भूकम्प आया और दोनों बहनों को उठा कर फेंक दिया। शुरू की दो नयी जिन्दगी, दोनों बहनों ने दो भिन्न दिशाओं में जी।

निर्मला आवाज लगाती है, "नूपुर तुमने चाय नहीं पी वह तो ठंडा शरबत हो गयी है।" ठीक ही तो। बहुत देर हो गयी है। चाय रख गयी है निर्मला। नूपुर बैठी ही है निचली मंजिल में सोफे पर। व्रज लोग चले गये हैं बहुत देर पहले। नूपुर को कहीं जाने की इच्छा नहीं हुई, न ही कुछ खाने या पीने की इच्छा। अब निर्मला जल्दी मचाती है "नहाकर आओ, खाना है न।"

नूपुर कहती है—"तुम खा लो। मुझे अभी भूख नहीं है।"

नूपुर के पूरे शरीर में अवसाद भरा है। सोफे पर लेटी रहती है। हाथ-पैर सिकोड़कर, बहुत ठंड लग रही है नूपुर को। जैसे यमुना की तरह वह भी मॉर्ग/ठंडे मुर्दाघर में लेटी हुई है।

पोस्टमॉर्टम/शव की चीर-फाड़

निर्मला पूछती है, "तुमने जो कहा था कि तपु को आने के लिए कहोगी। आने को कहा है?"

निर्मला का मोबाइल नूपुर को इस्तेमाल करने के लिए दिया है। तपु को फोन करने की बात बहुत बार सोची है नूपुर ने। कब तपु की सुबह होगी, कब दोपहर, कब क्लास है, लेक्चर, व्यस्तता, लंच, वगैरह, इन सबका हिसाब लगाती है। शायद शाम को समय हो। लेकिन तब अगर कोई जरूरी मीटिंग हो? नूपुर नहीं चाहती कि तपु की बहुत व्यस्तता के बीच कोई ऐसा-वैसा फोन मिले उसे। नूपुर को मीन-मेख की समझ नहीं है, उसके मन में एक ही प्रश्न है, क्यों तपु आज यमुना के पास नहीं रहेगी। तपु को क्या यह नहीं मालूम कि अगर उसे यमुना न बचाती तो आज वह इसे दुनिया में न होती। तपु को यमुना की खातिर नहीं, तपु के लिए आने को कहेगी—कम से कम, चाहे थोड़ी देर के लिए ही सही चेहरा तो देख पायेगी उसका—आखिरी बार के लिए। और नूपुर भी तपु को देख पायेगी। वही तपु जो डेढ़ वर्ष की उम्र में देश से बाहर चली गयी थी। उस समय की बात तपु को बिल्कुल भी याद नहीं है। पिता कहाँ हैं, पिता क्या हैं, यह प्रश्न भी उसने यमुना से नहीं किया, जब वह बड़ी हो रही थी। किसी को पिताजी कहकर पुकारा भी नहीं। पिता नाम के किसी पुरुष के लिए उतावली होते हुए उसको किसी ने देखा नहीं। यमुना ने इसी तरह बड़ी मुश्किल समय में भी उसे मुश्किलों का एहसास नहीं होने दिया। यमुना के लिए सभी ने कहा कि वह बिल्कुल भी सांसारिक लड़की नहीं है। दिन-रात किताब लेकर पड़ी रहती है, पति के साथ नहीं रही, मर्दों के साथ बैठ कर शराब पीती है, रात-रात गप्पें लड़ाती है, शर्ट-पैंट पहनाती है, लड़कों की तरह कटे बाल, ओठों पर लिपस्टिक नहीं लगाती, नाखूनों पर नेल पॉलिश नहीं, आँखों में काजल नहीं, कान, नाक, गले में कोई गहना नहीं पहनती, देखने में लड़का सी लगती है, इससे बच्चा पालने का काम नहीं होगा। बल्कि नूपुर के लिए सबने कहा था—नूपुर शान्त, नम्र, भली लड़की है, साड़ी पहनती है, सजती है, कमर तक लम्बे बाल हैं, पति के साथ बनाकर चलती है, अपने बेटे को वह जज-बैरिस्टर बनायेगी। किसी

एक ने यह भी कहा था—बेटे को चाँद पर भेजेगी। हाँ, सही में, चाँद पर ही गया है वह, धरती की सीमा लाँघकर बहुत दूर। अँधेरे आसमान की ओर देखकर नूपुर की लम्बी साँस निकल जाती है। दो-एक तारे टिमटिमा रहे हैं। जाने किसने कहा था—मर जाने पर लोग आसमान के तारे बन जाते हैं।

निर्मला से कहती है नूपुर, वह करेगी फोन तपु को।

तपु को नूपुर ने देखा ही कितने दिन? तपु का बड़ा होना उसने नहीं देखा। बल्कि निर्मला ने नूपुर से ज्यादा देखा है। निर्मला से ही तपु की बहुत बातें सुनती है नूपुर। तपु दिल्ली के जवाहर लाल यूनिवर्सिटी में पढ़ती थी, छुट्टियों में कलकत्ता आती थी। जितने दिन रहती थी माँ-बेटी, सहेलियों की तरह बतियाती थीं। रात को दोनों एक ही कमरे में सोती थीं। अकसर पूरी-पूरी रात दोनों गपियाती थीं। कितनी बातें थीं करने को दोनों के पास। निर्मला कहती है—कभी-कभी लगता था, उनकी बातें दो सौ साल में भी खत्म नहीं होंगी। यूनिवर्स, गैलेक्सी, नये-नये ग्रहों के नये-नये चाँद, तरह-तरह की थ्योरीज, यह सब खाक समझती है निर्मला? वह तो दूसरे कमरे में जाकर सो जाती थी। फिर जब कभी लड़कियों-स्त्रियों की समस्या लेकर गरीबी, औरतों की स्मगलिंग, घरेलू हिंसा, बलात्कार, गैंग रेप, यौन उत्पीड़न वगैरह को लेकर बातें होती थीं, तो वह भी बैठे-बैठे सुनती थी।

निर्मला की आँखें चमक उठती थीं जब वह कहती—"वे दोनों दुनिया के बारे में इतना कुछ कैसे जानती थीं—कौन जाने। दोनों मन लगाकर एक दूसरे की बातें सुनती थीं। लगता था जैसे एक दूसरे से कुछ सीख रही हैं, दोनों ही छात्रा हैं, फिर दोनों ही शिक्षिका। यमुना तपु के साथ जितनी सीरियसली सब विषयों पर बातचीत करती थी और किसी के साथ उतनी सीरियसली नहीं करती थी।"

निर्मला ने माँ-बेटी के बीच ऐसा सम्बन्ध कभी नहीं देखा। शायद पिता और बेटे के बीच ऐसा सम्बन्ध होता होगा। बहुत शिक्षित अभिजात परिवारों में शायद हो, लेकिन मध्यमवर्ग के परिवारों में कम ही देखने को मिलता है। इस देश में माँ-बेटी में बातचीत होती है तो विषय होता है, खाना-पीना, साड़ी-कपड़े, कॉसमेटिक्स, सजना-धजना, खरीद-फरोख्त, घर-गिरस्ती, खाना-पकाना, पति-बच्चे—ये सब लेकर ही बातें होती हैं। दुनिया के इतने कठिन विषयों को लेकर बातें नहीं होतीं। वे दोनों इस देश की थीं और नहीं भी।

निर्मला की बातें सुनकर नूपुर लम्बी साँस लेकर कहती है, "असल में बात क्या है, जानती हो निर्मला? मेरी किस्मत ही फूटी हुई है। मैं सोचती थी दीदी की ही फूटी किस्मत है। पर किसको पता था। दरअसल मैं ही बदकिस्मत हूँ। दीदी को दुःख था। दुःख तो था ही। और मैं सोचती थी मैं तो बड़ी लकी हूँ, बहुत सुखी, कितनी समझदार हूँ—ऐसा सोचती थी। लेकिन क्या समझ है मुझमें, बोलो? एक बेटा था।

बेटे को ढंग से पाल-पोस कर बड़ा नहीं कर सकी। माँ-बेटे का इतना सुन्दर सम्बन्ध हमारा हो सकता था—नहीं हो सकता था? बोलो?''

निर्मला लम्बी साँस लेती है। नूपुर की बायीं आँख से आँसुओं की धारा बहने लगती है।

''और क्या करते थे वे लोग?''

''कितना कुछ।''

''तपु के आने पर और क्या करती थी बूबू? तुम्हारी जमुनादी क्या करती थीं? तुम क्या करती थीं?''

''अगर थोड़ा ज्यादा दिन के लिए आती तो तीनों ही पहाड़ चले जाते थे, घूमने। कभी रिशप, कभी डूआर्स, दार्जिलिंग, शिमला, मनाली, लद्दाख। पहाड़ जमुना को बहुत आकर्षित करते थे।''

यमुना की कही इस आखिरी बात को लेकर नूपुर मन ही मन खेलती है—पहाड़ यमुना को बहुत आकर्षित करते थे। क्या पहाड़ नूपुर को नहीं आकर्षित करते थे? लेकिन नूपुर तो अपने सोने की गृहस्थी में रमी हुई थी। पहाड़ों पर जायेगी कब? यमुना ने कई बार कहा था—''चली आ, मेरे साथ रहेगी कुछ दिन। चल पहाड़ों पर। पहाड़ जाने से मन ठीक हो जाता है।''

नूपुर कहती थी—''मेरा क्या मन खराब है जो मन अच्छा करने के लिए कहीं जाना होगा? मैं बिल्कुल ठीक हूँ।''

यमुना चुप हो जाती थी।

आज खुद को बड़ा असहाय सा लगता है नूपुर को। उसका कहीं जाना नहीं हुआ। कोई पहाड़ नहीं देखा, कोई समुद्र नहीं देखा। लेकिन जिन्दगी घटती जा रही है। एक-एक कर प्रियजन चले गये। चारों ओर भयंकर खालीपन। कहाँ जाकर किस चीज का आनन्द उठायेगी नूपुर। अकेले-अकेले क्या कुछ भी अच्छा लगता है, पास अगर अच्छा लगने वाला कोई न हो? अगर नूपुर को यह पता होता कि उसकी दुनिया अचानक धू-धू करता एक कब्रगाह बन जायेगी, तब शायद उसे जो-जो करना अच्छा लगता था, जो कुछ करना बचा रह गया है जिन्दगी में—वह सब कर डालती।

''निर्मला, तुम लोग पहाड़ जाकर क्या करते थे। बहुत आनन्द आता था क्या?''

निर्मला फूलदान में बगीचे के ताजे गुलाब और ताजी लिली लगाते हुए कहती है—''दरअसल हरेक का आनन्द अपना अलग होता है। हम लोगों को जिस तरह आनन्द मिलता था, शायद बहुत लोगों को उस तरह आनन्द मिलेगा। हम लोगों का आनन्द तो बार में जाकर शराब पीना या डिस्को में नाचना नहीं है, हम लोगों का आनन्द चुपचाप बैठकर पहाड़ों को निहारना होता था। नहीं, कोई स्पिरिचूयैलिटी की

बात नहीं थी उसमें सिर्फ प्रकृति के सौन्दर्य का आनन्द उठाना। समुद्र पर भी गयी थी यमुना। आखिरी बार तो मैं नहीं गयी। तपु को लेकर काठमांडू गयी थी। वहाँ से लौटकर गोवा गयी। तपु कब आ रही है–इसका पता लगाकर ही यमुना टिकट खरीद कर रखती थी। तपु को भी नशा सा हो गया था, घूमने का। अब लड़की योरप अमेरिका देखेगी घूम-घूमकर। यमुना के लिए इतना सम्भव नहीं था। अवसर पाते ही भारत में ही कहीं घूमकर आना और विदेश घूमने जाने में बहुत फर्क है। तुमसे मिलने या दफ्तर के काम से जाना, वह अलग। तपु ने अपनी माँ से घूमना सीखा है, घूमेगी। ज्ञान-विज्ञान की बातें करते सुना है, तो उनमें उसकी दिलचस्पी बढ़ी है। पढ़ाई-लिखाई में ही मग्न रही अगर तपु, यमुना के गाइडेन्स में पली-बढ़ी न होती तो वह हार्वर्ड न जा पाती। वह कलकत्ते के किसी नाई की दुकान में बाल काटती, नहीं तो किसी दफ्तर में कोई साधारण सी क्लर्क होती।''

थोड़ी देर रुककर निर्मला फिर कहती है–''पहाड़ों के सामने तीनों ही घंटों बैठे रहे। तपु ट्रेक करने जाती थी, मैं और यमुना उसका इन्तजार करते थे। वह सब ट्रेकिंग-ब्रेकिंग मुझे अच्छी नहीं लगती थी, न यमुना को।''

''उन पहाड़ों पर तुम लोग और क्या-क्या करते थे?''

''रिशप में ही तो यमुना कई बार गयी है। मैंने कहा था कि क्या यह तुम्हारा पीहर है जो इतनी बार जा रही हो। यमुना हँसती थी। कहती थी–काफी कुछ पीहर जैसा ही है।''

निर्मला लम्बी उसाँस लेती है। निर्मला की लम्बी साँस नूपुर को समझ आती है। निर्मला जानती थी कि यमुना के पीहर ने यमुना को त्याग दिया था। युवावस्था के दिनों से ही यमुना के पीहर वालों ने यमुना की किसी भी बात को मान्यता नहीं दी थी। हुमायूँ को तलाक देना, पाशा के साथ सम्बन्ध जोड़ना, बिना शादी के बच्चा होना, उसको पालना। लेकिन क्या कहने से ही सम्बन्ध को काटकर फेंक दिया जा सकता है? यमुना को अपने जीवन में जितना सम्मान और प्यार मिला है, वैसा उसके पीहर वालों में से कितनों को मिला? लेकिन देखो, कुलच्छनी असती, मुँह दिखाने लायक नहीं, ऐसी बेटी के होने से तो न होना अच्छा, कितनी-कितनी शर्मिन्दगी–यह सब बातें क्या कम हुई हैं घर में?

यमुना की खैर-खबर नूपुर ही देती थी माँ-पिताजी को। नूपुर तपु की देखरेख करने जा रही है, यमुना के घर रह रही है इसके बारे में पीहर वाले अनजान न थे। जितनी बार नूपुर ढाका जाती थी, एक समय की विदुषी ममता बानू, नूपुर यमुना की माँ, छोटे-बड़े टिफिन के डब्बों में ढेरों पकवान बनाकर दे देतीं। नूपुर इतना खाना देखकर कहती–''इतना क्यों दे रही हो?''

ममता बानू कहती–''तेरे लिए दे रही हूँ, रास्तें में भूख लगेगी तो खाना।''

नूपुर समझती थी रास्ते में इतना सारा खाना कोई खा नहीं सकता। ट्रेन के डिब्बे में बैठकर ढक्कन खोलकर देख लेती थी—क्या-क्या पकवान दिया गया है। सब यमुना के मन पसन्द पकवान होते। नूपुर के माता-पिता दोनों ही कहते थे—"वह लड़की किसी दिन भी इस घर में कदम रखने की हिम्मत न करे। उसकी परछाईं भी हम बरदाश्त नहीं करेंगे।" बातों और काम में कितना गहरा फर्क है। पीहर से नाता टूट जाने का दोष नूपुर यमुना को ही देती है। एक बार भी यमुना ने पीहर जाकर यह नहीं कहा, "गलती हो गयी, क्षमा कर दो।" या फिर "जो किया है ठीक किया है।" जो कुछ भी उसने किया उसकी वजह बताकर कहती तो एक बार। कौन कहता है कि उसकी माँ प्यार से उसे छाती से नहीं लगा लेती या फिर उसके पिता पहले की तरह उसे पास बुलाकर बातें नहीं करते? यमुना ने अपने माता-पिता को वह अवसर ही नहीं दिया। अजीब सा एक अहंकार लिए तीनों बैठे थे अपनी-अपनी जगह, टस-से-मस न होकर। पिताजी और माँ दोनों ही एक-एक कर गुजर गये। यमुना को यह खबर सुनने के बाद कैसा लगा था—उसे आज भी यह मालूम नहीं।

"निर्मला, जिस दिन पिताजी गुजर गये, मैंने खबर दी थी। खास कोई बातचीत नहीं हुई। सिर्फ खबर बताकर मैंने फोन रख दिया था। मुझे बात करने में तकलीफ हो रही थी। यमुनादी क्या कर रही थीं? क्या तुम्हें याद है?"

निर्मला ने कहा, "उस दिन यमुना ने उसे बताया नहीं था। दूसरे दिन सुबह जब निर्मला गाना गा रही थी तो यमुना ने कहा, वह गीत गाओ—"तुम हमारे पिता हो, तुम्हें पिता ही जाने हम" फिर गाने को कहा दुःख, है मृत्यु।' चुपचाप बरामदे में बैठकर गाना सुन रही थी और आँसू पोंछती जा रही थी। बहुत बार निर्मला ने पूछा था, 'क्या हुआ है तुम्हें?' लेकिन उसने कोई जवाब नहीं दिया। शाम को कहा।"

निर्मला ने दुःख भरे स्वर में कहा—"यमुना के दुःखों को समझने का कोई तरीका न था।"

नूपुर ने फिर नहीं पूछा कि माँ के गुजर जाने के दिन यमुना ने क्या किया था। माँ के गुजर जाने की खबर देने में नूपुर को सात दिन की देरी हो गयी थी। सात दिन बाद ही यमुना को मालूम चला कि उसकी माँ नहीं है। तपु को कभी नहीं देखा यमुना के माँ-पिता ने। जय को देखा है। जय के जन्म के बाद हर साल नूपुर आती थी देश में। माँ-पिताजी ने जय के साथ बहुत समय बिताया। इससे तपु के न देख पाने का दुख भी परोक्ष में कम हो गया होगा। किसी दिन तपु की कोई तस्वीर तक किसी ने देखने की इच्छा नहीं जतायी।

फेंकी हुई, धकेली हुई तपु आज हार्वर्ड में है। नूपुर को सब कुछ जादू की तरह लगता है। लेकिन सिर्फ हार्वर्ड की वजह से माँ को आखिरी बार देखने नहीं आयेगी?

यह कैसी बात है। नूपुर के लिए मान लेना असम्भव है।

निर्मला कॉल बेल की आवाज़ सुनकर उठकर चली जाती है। हर समय घर में यमुना के मित्र, जान-पहचान वाले कोई न कोई आ ही रहे हैं। हर कोई आँसू बहाकर दुःख प्रकट करके जा रहे हैं। नूपुर के साथ मिलते हैं आँखों के आँसू पोंछते हुए कहते हैं—यमुना कितनी अच्छी थी। ये सब देखकर नूपुर को कितना अच्छा लगता था। अगर वह कलकत्ता न आती तो यह दृश्य देख ही नहीं पाती। यमुना के लिए गर्व से उसका मन भर जाता है। काश, तपु अगर यह दृश्य देख पाती। शायद तपु जानती है कि उसकी माँ को लोग कितना प्यार करते हैं। कितनी-कितनी लड़कियाँ आ रही हैं, कह रही हैं—यमुना उनकी कलीग थी या मित्र थी। कोई कह रही है यमुना की सहायता के बिना उसकी शादी नहीं हो पाती या फिर डिवोर्स नहीं हो पाता या नौकरी नहीं लगती। तरह-तरह से एहसान प्रकट करना। या फिर सिर्फ उसे 'मिस' करना, उसकी कमी महसूस करना। एक इनसान के तौर पर वह असाधारण थी। इतनी असाम्प्रदायिक, इतनी मिलनसार, इतनी असीम साहसी, इतनी असाधारण, ऐसा अनहोना असम्भव व्यक्तित्व उन्होंने बहुत कम ही देखा है। दरअसल बाहर के लोगों और घर के लोगों की आँखें अलग होती हैं। वे दो तरह से देखती हैं एक ही व्यक्ति को। घर के लोगों की नजरें बहुत कुछ नहीं देख पातीं। बाहर के लोगों को आँख में उँगली डाल कर दिखाना पड़ता है। यमुना के बहुत गुण हैं—दूसरों के कहने के बाद ही नूपुर ने इस पर गौर किया है—तब तो घर के लोग ही 'बाहरवाले' हैं। बाहर के लोग घर के। दरअसल जो लोग प्यार करते हैं जो उस व्यक्ति को समझते हैं, वे ही सचमुच के 'घर के लोग' हैं।

निर्मला के पीछे-पीछे एक युवक, एक बड़ा सा कागज का बक्सा लेकर दोमंजिले में आया। बक्सा खोलकर बड़ी-बड़ी फ्रेम की हुई तस्वीरें निकालीं। तस्वीरों की फ्रेमिंग हुई है यह भी खोल-खोल के दिखाया। देखने से पहले ही निर्मला पैसे लाने कमरे से निकल गयी। रुपये लेकर युवक चला गया। नूपुर पत्थर की मूर्ति की तरह खड़ी रही। निर्मला ने कहा—दो हफ्ते पहले इन तस्वीरों का फ्रेम करने दिया था। घर में पहुँचाने की ही बात हुई थी 'फ्रेम्ड' हो जाने के बाद। नूपुर ने तस्वीरें जाँच ली हैं। बारह ही हैं। बारह तस्वीरें ही तपु और नूपुर की हैं। नूपुर की गोद में तपु। नूपुर तपु को खिला रही है, गुसल करा रही है, तपु को लेकर खेल रही है, तपु सो रही है, पास में नूपुर है—यही सब।

निर्मला भी उन तस्वीरों को देखते-देखते कह रही थी कि उसे नहीं मालूम था कि यमुना ने इन तस्वीरों को फ्रेम करने के लिए दुकान में दिया है। उसने फोन करके फ्रेमवाले को घर पर ही बुला लिया था। तस्वीर को बड़ी करना, फ्रेम करना यह सब काम करने को जब दिया था तब शायद निर्मला घर पर नहीं थी। अगर

रही होगी तो उसने देखा नहीं होगा कि कौन सी तस्वीरे हैं जिन्हें फ्रेम करने यमुना ने दी हैं।

"सब तुम्हारी और तपु की तस्वीरें हैं।"

नूपुर कुछ नहीं बोलती।

"ये तस्वीरें उसने मुझे बहुत बार दिखाई हैं"—निर्मला ने कहा।

नूपुर बहुत देर तक नहाती है। यमुना का इस्तेमाल किया हुआ तौलिया, साबुन, शैम्पू सब रखे हैं बाथरूम में। उन्हें छू कर देखती है नूपुर। चारों तरफ जाने कैसा खाली-खाली लगता है। एक जना था, एक जना नहीं है। एक जन हँसती, चलती, बतियाती, नहाती थी, अब वह हँसेगी नहीं, बतियायेगी नहीं, नहायेगी नहीं। उसका जैसे दम घुटने को होता है।

नहाकर, धुली साफ-सुथरी देह पर एक नयी साड़ी लपेटती है, माथे पर एक लाल बिन्दी लगाती है। सुगन्धि लगाती है देह पर। अमरीका में रहते कभी बिन्दी लगाना नहीं हुआ। बिन्दी लगाते ही वह अपनी पुरानी जिंदगी में लौट जाती है—यमुना और नूपुर दोनों साड़ी पहनती थीं, बिन्दी लगाती थीं, साड़ी के रंग के साथ-साथ रंग मिलाकर चूड़ियाँ पहनती थीं, कानों में बुंदे पहनती थीं, संगीत के प्रोग्राम में जाती थीं, नहीं तो कभी नाटक देखने जाती थीं। मयमनसिंह में दोनों का एक अनोखा सुन्दर जीवन था—एक समय में।

नूपुर के नहाने से निर्मला बड़ी खुश होती है। दोनों खाने की मेज पर बैठ कर खाना खाती हैं। नूपुर को मछली बहुत अच्छी लगती है। निर्मला सिर्फ दाल और साग से ही खा रही है। मछली क्यों नहीं खा रही? पूछने पर कहा—कुछ दिन वह मांस-मछली नहीं खायेगी। कारण पूछने पर कुछ नहीं कहा, सिर नीचा कर चुपचाप खाती रही, जैसे तो कुछ सुना ही न हो। नूपुर ने अन्दाजा लगाया, यमुना की मृत्यु पर वह अपने तरीके से किसी व्रत का पालन कर रही है। वैसे वह पूजा भी वैसी ही थी। निर्मला कथनी-करनी में आधुनिका होने पर भी मन में छिपे तौर पर अन्धविश्वास संस्कारों को पालती है। उँगलियों में भी दो कीमती पत्थरों की अँगूठियाँ पहन रखी हैं।

नूपुर सब तस्वीरों को बिस्तर पर फैला देती है। खुद भी तस्वीरों की बगल में लेट कर उन्हें देखती रहती है। देखना खत्म नहीं होता। ठीक कब खींची गयी हैं, किस दिन, किस कमरे में, किसने खींचीं—यह सब अब आँखों के सामने तैर जाता है। जैसे तो, अभी उस दिन की घटना है। ऐलबम ले आयी थी यमुना देश छोड़ते समय। अगर न लायी होती तो अब तक ये ऐलबम निश्चिह्न हो जाते। दिन ढल कर साँझ हो जाती है, नूपुर उन तस्वीरों के पास से हिलती नहीं है। निर्मला दो बार आकर जल्दी मचाती है। एक बार निर्मला की कोई रिश्तेदार आयी, दूसरी बार

यमुना के ऑफिस का कोई आया, यह सब निर्मला ही सँभालती है। नूपुर लेटी-लेटी पुरानी फोटो में मग्न है। अब उसके मन में प्रश्न जागते हैं—क्यों तपु के साथ नूपुर की तस्वीरों को यमुना ने फ्रेम करवाया? तपु के बचपन की कितनी सारी तस्वीरें हैं, कितने लोगों की गोद में। तपु के एलबम में यमुना के साथ तपु की तस्वीरें ही ज्यादा हैं। तो फिर ये बारह तस्वीरें छाँट-छाँट कर रखी हैं तपु और नूपुर की? यमुना की या तो तपु की अकेली की नहीं हैं! इसका कोई जवाब नहीं ढूँढ़ पाती नूपुर। निर्मला से अब नहीं पूछती वह। निर्मला जरूर कहेगी कि वह नहीं जानती; यमुना ने इस बारे में उसे कुछ नहीं बताया।

तपु के वहाँ तब सुबह थी, नूपुर फोन करती है। नूपुर एक ही बात बार-बार कहती है, ''चली आओ, अपनी माँ को एक बार देखने चली आओ—यही तो आखिरी बार देखना है। अब कभी चाहकर भी देख नहीं पाओगी। हो सके तो आज ही चली आओ। मॉर्ग के फ्रीजर में बॉडी रखी गयी है। शायद समय-सीमा भी है कोई। ज्यादा दिन तक रखना सम्भव नहीं है। वचन दो कि तुम आ रही हो।''

तपु उधर से बोलती है, ''माँ का मृत चेहरा वह माँ की आखिरी स्मृति के रूप में रखना नहीं चाहती।''

नूपुर उसे यह सब स्मृति-विस्मृति की रोमांटिक बातें छोड़कर रियलिटी के सामने खड़े होने की बात कहती है। रियलिटी के सामने खड़ा होना ही एक तरह की रोमांटिक बात है—तपु कहती है। तपु जानती है उसकी माँ अब नहीं है। वह जानती है 'न रहने' का अर्थ क्या है। किसी दिन भी अब माँ को वह देख नहीं पायेगी। वह कलकत्ता आ ही सकती है। बॉस्टन से फ्लाइट है, दिल्ली नहीं तो ढाका में एक स्टॉप है। क्योंकि, मृत्यु को लेकर मृत्यु के बाद मँडराती आत्मा को लेकर, मृत्यु के बाद दूसरी किसी जिन्दगी पर उसे कोई विश्वास नहीं है। इसलिए उसका आना सही मायने में यमुना को देखने आना नहीं होगा। अगर उसे वहाँ आने को कहा जायेगा, तब यह दरअसल विद्रोही आत्मा की शान्ति कामना करने के लिए चोरी छुपे आना होगा।

''तब मैं? मैं क्या विद्रोही आत्मा की शान्ति की कामना करने के लिए आयी हूँ तपु? मैं क्या वह सब आत्मा-वात्मा पर विश्वास करती हूँ?''

''अगर तुम विश्वास नहीं करती हो तो अच्छा ही है। उन्हें कोई भी एक रिश्तेदार चाहिए था नूपुर खाला। तुमने अपनी दीदी को बहुत साल से देखा नहीं है ना। अब आखिरी बार देखना, तुम ही देखो।''

तपु जल्दी से फोन रख देती है। उसका बांगला बोलने का लहजा अजीब है। न ढाका का है, न कलकत्ते का।

इस दुनिया में एक ही व्यक्ति के साथ तपु का बन्धन था। वह बन्धन अब

नहीं रहा। बाहर की दुनिया को ही अपना बना लेना पड़ेगा। यमुना का न रहना तपु के लिए सही मायने में क्या है, यह सोचकर नूपुर के सीने में दर्द शुरू हो जाता है। मुँह, सिर ढँक कर लेट जाती है नूपुर। निर्मला देखती है नूपुर की तबियत ठीक नहीं लग रही। पास बैठकर उसके बालों को बीसेक मिनट सहलाती है, फिर निःशब्द उठकर चली जाती है। निर्मला काफी कुछ इस घर की माँ की तरह ही है। शायद इसी तरह वह यमुना की भी देखरेख करती थी।

नूपुर ने तपु को एक एसएमएस. कर दिया ''अगर तुम कहो तो मैं तुम्हारे लिए फ्लाइट का टिकट बुक करवा सकती हूँ। कभी तो तुम्हें कुछ दिया नहीं है, आज यह गिफ्ट देना चाह रही हूँ।''

एस.एम.एस. का जवाब आ रहा है—''यू आर सो सुईट नूपू खाला। डिडंट आई स्पेन्ट मोर टाइम विद यू? आई फील सफोकेटेड। माई माँ इज नो मोर। इट्स लाइक आई ऐम नो मोर। इफ़ आई गो देयर। आई विल गो ओनली टु मीट अप विथ यू।''

इतनी-सी लिखी हुई तपु की इबारत को जाने कितनी बार पढ़ती है वह।

यमुना का शरीर अब तक साबुत ही है। चीर-फाड़ होने से पहले एक बार देखते बेटी। बेटी जो जन्म ले पायी सिर्फ इसीलिए कि यमुना ने उसे जन्म दिया। जो लड़की आज जिन्दा है सिर्फ इसलिए क्योंकि यमुना ने उसे बचाया था। इस लड़की को बचाने के लिए एक दानव की हत्या करनी पड़ी है। एक देश को खोना पड़ा है, समाज-परिवार, नाते-रिश्तेदार, परिवार, परिवार के लोग, सब कुछ खोना पड़ा है यमुना को। यह लड़की देखे और एक बार अपनी उस प्राणदात्री को, जी भर के देखे आखिरी बार के लिए।

'' 'पीस हेविन' में काफी पैसे खर्च हो रहे हैं। और कितने दिन रखोगे इस तरह?'' निर्मला प्रश्न करती है।

नूपुर कहती है, ''इतनी बेसब्री किस लिए?''

''ब्रज से कह देना कुछ दिन और इन्तजार कर ले।''

निर्मला कहती है, ''कुछ दिन और? एक दिन के कम पैसे नहीं हैं।''

''जाने दो वह सब। पैसे की फिक्र न करो। पैसे दे दूँगी।''

''वह देना। पर क्या तुम्हारे पैसे, पैसे नहीं हैं? मुश्किलें झेलकर नहीं कमाये?''

थोड़ी देर रुककर निर्मला बड़ी अजीब नजरों से चारों तरफ देखती है। महीन स्वर में बोलती रहती है—''इस तरह ठंडे मौर्ग में एक जन कैसे पड़ा रह सकता है। यमुनादी इतनी ठण्ड बरदाश्त नहीं कर पाती थीं। जरा-सी ठण्ड लगी नहीं कि रज़ाई, कम्बल इकट्ठा कर लेती थीं। एक बार जाड़ों में दिल्ली गयी थीं। ठण्ड से जम जाने

वाले हालात थे। आकर बातें कीं कि हवा जैसे तीर की तरह चुभ रही थी। और इस बर्फीले कमरे में जाने कैसे पड़ी हुई हैं।"

नूपुर ने सोचा था मौर्ग को लेकर निर्मला मज़ाक कर रही है। लेकिन देखा निर्मला की आँखों में आँसू हैं। निर्मला सचमुच ही तकलीफ में है—यह सोचकर कि यमुना इतने ठण्डे कमरे में लेटी हुई हैं। कथरी नहीं, कम्बल नहीं, रज़ाई नहीं, गद्दा नहीं। घर से यह सब अगर ले जाये, वे लोग ये नहीं मानेंगे। निर्मला अब सुबक-सुबक कर रोना शुरू कर देती है। रोना शायद संक्रामक है। नूपुर की आँखों में भी आँसू हैं।

परावास्तव एक दृश्य।

यह दृश्य काफ़ी देर तक स्थिर बना रहता है।

सब स्थिरता को तोड़ते हुए नूपुर कहती है, "तपु आ रही है निर्मला, वह सिर्फ एक बार के लिए अपनी माँ को देखने आ रही है। यही तो आखिरी बार है। अब तो और मिलना नहीं होगा। अब कभी भी वे दोनों सहेलियों की तरह रात-रात भर जागकर नहीं बतियायेंगी। अब कभी पहाड़ों पर सैर करने नहीं जायेंगी। यह तो आखिरी बार है।"

जय की मृत्यु के बाद यमुना की मृत्यु नूपुर के लिए एक बीभत्सता के अलावा और कुछ नहीं। जय उसका जिगर का टुकड़ा था। यमुना भी उसकी बहन का प्यार, माँ की गोद, बुरा समय आने पर उसकी गोद में सिर रख सकती है वह। यमुना ही बुरी घड़ियों को फूँक मारकर उड़ा देगी और जादू की शक्ति से अच्छा समय ले आयेगी। क्या-क्या नहीं थी यमुना नूपुर के लिए।

नूपुर सोचती रहती है कि नूपुर ने ही यमुना और उसकी बेटी को बचाया है, उसको और उसकी बेटी को जल्दी से देश से निकालकर। नहीं तो शायद पाशा के लोग दोनों को ही जिन्दा नहीं छोड़ते। या फिर यमुना को खून के अपराध में फँसा देते। पाशा के रिश्तेदारों ने तय किया था कि उसकी प्रेमिका को लेकर छानबीन नहीं करेंगे—लेकिन अगर वे लोग अपना इरादा बदल देते तो? यमुना ने नूपुर का उपदेश सुनकर मान लिया था। लेकिन इसी तरह अगर नूपुर भी यमुना के उपदेश पर ध्यान देतीं, उसकी बात मान लेती, अगर जय को घसीट कर 'रिहैब' में दाखिल कर देती, तब शायद जय बच जाता, नया जीवन पाता। तब नूपुर की जिन्दगी भी किसी और तरह की होती। जय के गुजर जाने के बाद यमुना के साथ नूपुर की फोन पर बातचीत हुई है, चिट्ठी में भी, पर मिलना नहीं हुआ। उस दिन के बाद से ही नूपुर ने अपने को दुनिया से काट लिया था, अपने को अकेला कर लिया था, किसी को अपने पास फटकने की इजाजत नहीं दी थी, यमुना को दी थी, पर बहुत कम। वह मन-ही-मन यमुना से माफ़ी माँगती है। यमुना जब तक जिन्दा थी, तब

तक एक बार भी उससे माफी नहीं माँगी। जो मुँह में आया बोलकर घर से निकाल दिया जाना सब सह गयी है। यमुना इस पर भी नाराज नहीं हुई उस पर। अगर नूपुर यमुना की जगह होती तो, वह अन्दाजा लगाती है कि नूपुर जीवन भर के लिए उससे रिश्ता तोड़ लेती। पता नहीं किस चीज़ से गढ़ी हुई थी यमुना।

निर्मला, किस चीज से गढ़ी हुई थी तुम्हारी यमुनादी? मन-ही-मन कहती है वह। निर्मला से पूछना नहीं होता।

तपु आयेगी इसी खबर से नूपुर को सुख मिलता रहता है। जय के गुज़र जाने के बाद से यह पहली बार उसके मन में किसी बात के लिए सुख उपज रहा है। तपु आ रही है, नूपुर को लग रहा जैसे जय आ रहा है। जैसे जय हार्वर्ड में पढ़ने गया है। जैसे नूपुर आज गुज़र गयी है। खबर पाकर जय आ रहा है नूपुर को देखने, उसका क्रियाकर्म पूरा करने। यमुना नहीं, बर्फीले मौर्ग में लेटी है नूपुर, जय नहीं मरा, जय आ रहा है। और नूपुर यमुना है। जय को हवाई अड्डे से लेने जायेगी, कितने अर्से के बाद जय को देखेगी यमुना। उसे अपने सीने से लगाकर प्यार करेगी। खाला के लाड़-प्यार और माँ के लाड़-प्यार में कोई फर्क है क्या?

नूपुर अपनी चुप्पी और मन की मग्नता को तोड़कर पूछती है, "माँ और मौसी में कोई फर्क है क्या निर्मला?"

"फर्क तो है ही, मौसी मौसी है—और माँ माँ है।"

"वह तो जानती हूँ, लेकिन स्नेह, लाड़-प्यार में?"

निर्मला दोनों के लिए चाय बना कर लाती है। यमुना को बहुत चाय पीने की आदत थी। इसीलिए निर्मला को बार-बार चाय बनाने की आदत पड़ गयी है। दार्जिलिंग से किलो-किलो चाय मँगाई जाती थी। यमुना की एक दोस्त भेजती थी। नूपुर जो यमुना नहीं है उसे यमुना की तरह दिनभर में तीस कप चाय पीने की आदत नहीं है, यह निर्मला को नहीं पता। नूपुर को एक कप पकड़ाकर, कुर्सी पर बैठ कर खाट पर पैर रख कर अपने चाय के कप से चाय सुड़कते हुए निर्मला ने कहा—"माँ की तरह और कोई नहीं होता नूपुर। माँ, माँ ही होती है। कोशिश करने पर कोई चाचा बन सकता है, मामा हो सकता है, भाई बन सकता है, बहन बन सकती है, कोशिश करने पर शायद पिता भी हो सकता है, पर हजार कोशिश करने पर भी माँ नहीं बना जा सकता।"

नूपुर सिकुड़ जाती है। एक बार सोचती है कि पूछे कि वह कब से विशेषज्ञ बन गयी 'माँ होने' के बारे में? खुद तो शादी भी नहीं की, बाल-बच्चे भी नहीं हैं तुम्हारे। किसी बच्चे को पाल-पोस कर बड़ा भी नहीं किया है।

नहीं, तपु की माँ बनने की कोशिश नूपुर नहीं कर रही। तपु के साथ मिलना ही कितनी बार हुआ है। कैसी दिखती है तपु अब, कैसे जीवन बीतता है उसका,

क्या खाना पसन्द करती है, क्या करना, क्या पहनना, क्या पढ़ना उसे अच्छा लगता है—यह नूपुर से ज्यादा निर्मला को पता है, जिस निर्मला के साथ तपु का कोई सम्बन्ध नहीं है।

निर्मला फिर एक परावास्तव दृश्य की रचना करती है। पतली आवाज़ में कहती रहती है, ''एक व्यक्ति बर्फीले मौर्ग में लेटा है, लेटे रहने की भी एक सीमा होती है। तपु एक बार देख ले। फिर और देर न करना।''

नूपुर उदास हँसी के साथ कहती है—''निर्मला जब तक बूबू मौर्ग में है मन में एक सान्त्वना है। वह है, जब जी चाहेगा उसकी नाक, उसका मुँह, हाथ, पैर, उँगलियाँ, वही उँगलियाँ देख पाऊँगी। वहाँ से चले जाने पर ही तो सब खत्म। दीदी का कुछ भी तो साबुत नहीं बचेगा।'' निर्मला लम्बी साँस लेकर कहती है—''हाँ, सो तो नहीं रहेगा। दरअसल हम लोगों में इतने दिन देह को रखे रखने का रिवाज़ नहीं है। तुम लोगों में लगता है यह चलता है, बहुत दिन तक रख देते हो।''

अब तो जैसे जलती आग में किसी ने घासफूस से भरी टोकरी उलट दी। नूपुर अचानक उठी, बाहर रखे अपने हैंडबैग, कपड़े, कंघी, मौश्चराइज़र इकट्ठा करके सूटकेस में ठूँसती रहती है और बोलती जाती है ''मैंने पहले भी सुना है—'तुम लोगों में' और 'हम लोगों में' कहकर बात करते हुए। तुम लोग और हम लोग का मतलब क्या है सुनूँ जरा? तुम इतने दिन यमुनादी के साथ रहकर भी, 'हम लोगों का, तुम लोगों का' जैसे शब्दों को बोलना नहीं छोड़ा? अभी तक तुममें हिन्दू-मुसलमान के अलगाव की आदत बनी हुई है? यमुनादी कैसे सिर से पैर तक नास्तिक होकर भी तुम्हारी तरह आस्तिक के साथ घर-गिरस्ती चलाती थीं, पता नहीं। यमुनादी की कुछ बातें मुझे आज भी समझ नहीं आतीं। तुम बहुत ऐडोरेबेल (प्रशंसनीय) हो, बहुत भलीमानस, बड़ी दया की सागर, गुणवती, रूपवती सभी कुछ। लेकिन यमुना के साथ तुम्हारा मेल कहाँ था? वह विज्ञानी थी, सीधी बात करने वाली, उलटे-सीधे धर्म और फालतू अन्धविश्वास को सह ही नहीं पाती थी, और यहाँ बड़े मज़े में...''

निर्मला स्तब्ध हो जाती है नूपुर के इस चीखने-चिल्लाने से।

''मेरी सगी बहन है। उसे तुमसे ज्यादा मैं पहचानती हूँ। राई-रत्ती पहचानती हूँ। तुम जैसी पूजा-पाठ करने वाली के साथ यमुना का कोई मेल देख नहीं पाती। तुम लोग आपस में क्या बातचीत करती थीं? टॉपिक क्या होता था सुनूँ जरा! खाना पकाना या फिर विश्व-ब्रह्माण्ड?''

नूपुर रुकना ही नहीं चाह रही थी।

''मेरी दीदी सारी जिन्दगी ऐडवेंचर करती रही। एक डेढ़ साल की बच्ची को गोद में लेकर, एक पराये देश में अकेले-अकेले कुछ दिनों में ही कैसे अपने पैरों पर खड़ी हो गयी। अच्छी नौकरी भी हासिल कर ली। बच्ची को अच्छे स्कूल में पढ़ाना,

बच्ची को शिक्षित करना, बड़ा करना, क्या नहीं किया दीदी ने? दीदी की जगह मैं होती तो सड़कों पर 'होमलैस' बन कर ही मुझे बाकी जिन्दगी बितानी पड़ती। भीख माँगनी होती। अपने बच्चे को भी बचा नहीं पाती। दीदी की तरह कितने लोग कर पायेंगे? उसने चैलेंज किया था कि वह इस देश में टिकी रहेगी। अच्छी तरह से ही टिकी रही वह। कलकत्ते में कितने विमेन्स ऑर्गनाइजेशन्स (स्त्री संगठन) हैं बताना ज़रा? सम्भवतः इतना बड़ा संगठन दीदी ने ही पहली बार बनाया। पाँच हजार सदस्य है इसके, कोई ऐसी-वैसी बात नहीं है। ऊपर से नीचे तक एक सक्सेसफुल परसन। तुम क्यों यमुनादी के साथ थीं, तुम हो कौन? लिखाई-पढ़ाई कितनी की है? कॉलेज की पढ़ाई की है? समझती हो यमुना का कुछ भी, निर्मला? तुम्हारा काम था क्या? बोलो। सच बात ही बोलना। बोलो लैसबियन थी? यमुना दी, बोलो। मर ही तो गयी हैं। अब छुपाने का क्या है? जिन्दा रहते भी उसने तो कभी कुछ नहीं छुपाया।''

बोलते-बोलते नूपुर आँसू पोंछती रहती है। निर्मला चुपचाप उठ जाती है, बरामदे में उदास खड़ी रहती है।

नूपुर लेटी रहती है। यमुना के बिस्तर के पास वाले टेबल पर बहुत सारी किताबों और पत्रिकाओं का ढेर रखा हुआ है। आखिर के दिनों में शायद उन्हीं को पढ़ रही थी, नूपुर उन्हीं को उलटती-पलटती रहती है, फ्रेम की हुई तस्वीरों को देखती है।

निर्मला कहीं निकलती है। नूपुर से कह कर नहीं जाती। दरवाज़ा खुलने और बन्द होने की आवाज़ से जान जाती है नूपुर। निर्मला फिर से हमेशा के लिए तो नहीं चली जा रही है? उसने काफी अपमानित महसूस किया है लगता है। निर्मला की जगह अगर नूपुर होती तो उसे भी ऐसा ही लगता, वह भी घर से निकल जाती। नूपुर को ठीक तरह से समझ नहीं आता कि उसने निर्मला के साथ ऐसा बर्ताव किया ही क्यों? ईर्ष्या? या फिर कुछ और? निर्मला की वह 'हमारी' 'तुम्हारी' वाली बातें नूपुर से और सही नहीं जा रही थीं। गुस्सा निकल ही आया—रहती तो है तू दीदी के घर, खाती है दीदी के पैसे से, जिस इनसान ने तुमसे प्यार करके तेरे धर्म-कर्म को लेकर कोई एतराज़ नहीं किया, और तू है कि 'हमारे' 'तुम्हारे' कह कर उसके बारे में बात कर रही है। जरूर तूने दीदी के साथ भी इसी तरह से बात की होगी। तभी न मुझसे बात करते हुए भी तेरे मुँह से वैसी ही बातें फिसलकर निकलती हैं। तू अब भी समझती है कि यमुना से तू अलग है। मैं और तू अलग हैं। तेरे मनुष्य के परिचय से तेरे 'हिन्दू' होने का परिचय ही अगर बड़ा है तो जा, हिन्दुओं के बीच में जाकर रहीं। यमुना को मुसलमान जैसा ट्रीट किया है, और इतने समय तक यमुना तेरा इडियॉटिक बर्ताव सहती आयी है। तूने किसी दिन भी यमुना को नमाज़ पढ़ते देखा है, रोजा रखते? बुर्का पहनते? तू अपना पूजा-पाठ तो ठीक-ठाक ही चलाये जा रह है। होते हैं ऐसे कोई-कोई जो धर्म को जकड़े रहते हैं, और कुछ

लोग ऐसे होते हैं जो धर्म से अपने को मुक्त कर लेते हैं। दया करके उन पर और हिन्दू, मुसलमान, क्रिश्चन, यहूदी वगैरह का लेबल न लगा। नूपुर के अन्दर की एक गुस्सैल नूपुर निर्मला को इस तरह निःशब्द गाली-गलौज करती जा रही थी।

यमुना नहीं है लेकिन फिर भी यमुना की गृहस्थी जरा भी ढही नहीं। निर्मला निपुण हाथों से सब सँभाले हुए है। ढेरों खरीदारी करके घर लौटती है निर्मला। तपु आयेगी शायद इसलिए मांस-मछली ढेर सारी खरीदी है। नूपुर दूर से अपनी दीदी और दीदी की सहेली की गृहस्थी को देखती है। किसको ज्यादा अधिकार है इस घर में? नूपुर का, या निर्मला का?

हवाई अड्डे पर नूपुर से पहले ही निर्मला ने तपु को पहचान लिया। नूपुर पीछे खड़ी रही थी। तपु ने पहले निर्मला को बाँहों में घेर कर दोनों गालों पर चूमा, नूपुर को भी ऐसा ही किया। नूपुर को तब तक तपु ने बाँहों में घेर लिया था, कह रही थी, "ओ, नूपुर खाला कितने दिनों बाद मिलना हुआ तुमसे।"

नूपुर की आँखों से आँसू बह रहे थे झर-झर। तपु के शरीर पर एक सफेद शर्ट और नीली जीन्स। यमुना जैसे छोटे बाल। कहते हैं देखने में वह पाशा जैसी है। पर आज नूपुर को लगता है, तपु देखने में बिल्कुल यमुना की तरह है। वही आँखें, वही होंठ, तपु की अब जो उम्र है, यमुना जब उतनी ही बड़ी थी, तब नूपुर ने यमुना को बहुत पास से देखा था। यमुना जब अबकी तपु की उम्र की थी। तब क्या-क्या खुराफातें कर बैठती थी यमुना? कितनी साहसी और तेज दिमाग लड़की थी। विश्वविद्यालय में सबसे अच्छा रिज़ल्ट किया। सब लोग पढ़ाई में अच्छी होने, अच्छी नौकरी पाने के लिए, उसकी बड़ाई करते थे। कहते थे—यमुना तो लड़की नहीं, लड़का है। यमुना को यह सुनना बिल्कुल पसन्द न था—वह लड़की है, और वह सक्सेसफुल है। "सक्सेस के साथ पुलिंग को क्यों जोड़ा जाय? बिल्कुल घटिया मेंटैलिटी है।" यमुना कहती थी। इस दुनिया में यमुना अकेली ऐसी है जिसको लेकर गर्व किया जा सकता है। विश्वविद्यालय में साहस का प्रदर्शन कर रही है, सब मुग्ध होकर उसे देख रहे हैं, लेकिन व्यक्तिगत जीवन में जैसे ही यमुना ने साहस दिखाया, बस तभी से ऐसा साहस दिखाना किसी को नहीं पसन्द आया। यमुना अकेली हो गयी। अकेले ही झेले उसने सब अपमान, निन्दा। एक नूपुर ही छाया की तरह रही उसके साथ। यमुना का अन्तहीन प्यार मिला है नूपुर को, लेकिन बदले में शायद वह कुछ भी न दे पायी। क्या कुछ नहीं दिया उसने? दिया है। प्यार दिया है नूपुर ने, लेकिन कहीं पर कंजूसी रही थी। नुपुर समझती है कि थी कंजूसी।

नूपुर का एक हाथ तपु पकड़े ही रहती है। नूपुर को लगता है उस हाथ से यमुना को पकड़ रखा है। बिल्कुल ऐसे ही पकड़े रहती थी अपनी माँ का हाथ, जब भी मिलती थी।

''तुम्हें याद है ढाका की बात? शान्तिबाग वाले घर में तुम्हारी माँ दफ्तर चली जाती थी, तुम मेरे पास रहती थीं। कितनी कहानियाँ सुना-सुनाकर तुम्हें सुलाया करती थी, खिलाती थी। नूपुर के मीठी हँसी हँसकर बोलने पर तपु भी हँसकर बोली थी—माँ ने सब बताया और तुमने भी, मुझे तो उन दिनों की सब बातें याद नहीं हैं। कितनी छोटी थी मैं तब? है न?

''हाँ, बहुत छोटी थी। तुम्हारी देखभाल करने वाला तो कोई नहीं था न इसलिए मैं ही थी। तुम्हारी माँ को बहुत प्यार करती थी न। 'चाइल्ड केयर' मैंने तुमसे ही शुरू की, मुझे तो आदत हो गयी थी। इसलिए जय के समय कोई दिक्कत नहीं हुई। जय की याद है तुम्हें?''

तपु जोर से हँस उठती है। कहती है, ''याद क्यों नहीं रहेगा। हम दोनों ने न्यूयॉर्क की सड़क पर एक साथ साइकिल चलायी थी। वह बहुत तेज चला सकता था। जय अब क्या पढ़ रहा है? अगर वह ट्राई करे तो हार्वर्ड में पढ़ सकता है। मैं उसे हेल्प कर सकती हूँ, अगर वह चाहे तो। उसके फेसबुक में मैंनें 'फ्रैंड रिक्वेस्ट' भेजी थी, ऐक्सेप्ट नहीं किया।''

नूपुर चुप रहती है। बहुत देर तक कुछ नहीं बोली। जय गुजर गया है, यह खबर यमुना ने नूपुर को क्यों नहीं दी? क्या कारण रहा होगा। इसके पीछे, यह यमुना को ही पता होगा। यमुना ने जो नहीं बताया, वह खुद अपनी तरफ से नहीं बताती है नूपुर। इससे अच्छा तो न जाना ही रहे यह। एक मौत का शोक ही मनाये। दो-दो की जरूरत नहीं।

घर आकर नूपुर बेचैन हो उठती है कि तपु को क्या खिलायेगी, कहाँ बैठायेगी, कहाँ सुलायेगी अगर कर सकती तो नूपुर तपु को बचपन की तरह घिस-माँज कर नहला देती। एक पल के लिए भी नूपुर तपु को अकेला नहीं छोड़ती। घर में तपु का एक कमरे से दूसरे कमरे में जाना, बगीचे के फूल के पौधों में पानी डालना, गाना गाते-गाते गुसलखाने में घुसना—यह सब देखकर नूपुर को याद आता है—यह घर सिर्फ यमुना का ही नहीं नूपुर का भी है। तपु के अपने कमरे में ही बेशुमार कपड़े-लत्ते। सूटकेस में पहनने के कपड़े कुछ नहीं लायी, लायी है तो पढ़ने की कुछ किताबें, निर्मला और नूपुर के लिए उपहार थोड़ी-बहुत छोटी-मोटी चीजें। खाना पकाने का काम निर्मला ही कर रही थी। अब नूपुर किचन में जाती है। तपु के लिए वह स्पेशल खाना तैयार करेगी। निर्मला कहती है, तपु को बंगाली पकवान ही अच्छे लगते हैं। तपु रसोई में आयी और कहा—''आज कुछ नहीं बनाना है, चलो रेस्टोरेंट में खाते हैं। दरअसल इस घर में माँ नहीं है। यह जानकर कैसा अजीब-सा लग रहा है। घर से बाहर निकलना पड़ेगा, ज़रा दम भरने के लिए।''

कलकत्ता शहर को भलीभाँति जानती-पहचानती है तपु। तपु ही निर्मला और

नूपुर को रेस्टोरेंट में ले गयी।

गड़ियाहाट के 'भजहरि मान्ना'' में तपु जितनी देर है नूपुर के साथ ही समय बिताना चाहती है। उसके साथ लेपटॉप है, लेकिन वह लैपटॉप लेकर बैठ ही नहीं रही, बहुत जरूरी न होने पर वह खोलेगी ही नहीं इसे। वह तो नूपुर के लिए ही आयी है। रात को तपु नूपुर के साथ ही सोयी। पलँग के जिस तरफ तपु सोती थी वह उसी तरफ सोयी, और जिस तरफ यमुना सोती थी उस तरफ आज नूपुर सोयी। नूपुर ने एक हाथ से तपु को छूकर रखा जैसे यह तपु ही आज यमुना, और एक ही साथ तपु ही जय।

दूसरे दिन नूपुर और निर्मला ने तैयार होकर तपु को आवाज लगायी, चलो यमुना को देखोगी। तपु ने सपाट तरीके से बता दिया—वह नहीं देखेगी। देखने की इच्छा उसे बिल्कुल नहीं है। तपु उलटी होकर लेटी रही। किसी के मनुहार, उपदेश या सख्ती से आदेश का कोई असर उस पर नहीं पड़ा। इसी को कहते हैं जिद! यमुना भी ऐसी ही थी। जो करने की ठान ली वह करेगी ही। नूपुर कहती है—''इतनी दूर से इतने ढेर सारे रुपये खर्च के आयी हो अपनी माँ के आखिरी दर्शन करने, और तुम हो कि कह रही हो देखोगी नहीं। तो फिर आने का फायदा ही क्या हुआ?''

''मैंने एक बार भी नहीं कहा कि मैं माँ को देखूँगी। मैंने कहा अगर जाऊँगी तो तुम्हारे लिए ही जाऊँगी।

''सो, कहा होगा। लेकिन अब जब आ ही गयी हो, तब माँ का चेहरा एक बार के लिए तो देख लो।

तपु सिर हिलाकर कहती है—''नहीं, मैं उस माँ को नहीं देखना चाहती जो माँ मुझे प्यार नहीं करेगी, मुझे चूमेगी नहीं, मेरे साथ बातें नहीं करेगी, मेरी तरफ देखेगी नहीं। यह माँ नहीं है, यह सिर्फ माँ का शरीर है। मैं नहीं देखूँगी।''

''तो फिर इतनी दूर आने की जरूरत क्या थी? ऐटलांटिक पार होकर?''

नूपुर को गुस्सा आता है, वह चिल्लाती है—''तुमसे मिलने आयी। इस मौके के अलावा क्या और कोई मौका मिलता अपनी मौसी से मिलने का।''

हजार कोशिश करने पर भी तपु को उठा न पायीं दोनों। निर्मला ने कहा, ''तपु को नूपुर की खातिर ही यमुना को देखने जाना चाहिए। नूपुर ने बड़ी आशा बाँध रखी थी। नहीं, नूपुर के लिए भी वह यह काम नहीं करेगी।''

निर्मला और नूपुर ही गये बर्फीले कमरे में, तपु घर में ही रही—आज ही व्रज को कह देना होगा कि बॉडी ले जाये। और समय नष्ट नहीं किया जा सकता। व्रज का फोन नहीं मिल रहा। रास्ते में जाते-जाते जरूरी एसएमएस किया। कई बार—''बहुत जरूरी—फोन करो। आज शाम को लाश ले जा सकते हो। क्या करोगे—इत्तला देना...'' तीन एसएमएस का जवाब नहीं आया, तीन घंटे में। निर्मला चिन्तित हो उठी यमुना

का बर्फीला शरीर एक बार फिर देखा नूपुर ने। यमुना के बर्फ के ठंडे बदन पर निर्मला सिन्दूर पोत कर आयी ढेर सारा। निर्मला ने वह जो सफेद साड़ी पहननी शुरू की अभी भी वही पहन रही है। निर्मला को वैसी अपमानजनक बातें कहने के बाद नूपुर ने नहीं, निर्मला ने ही आगे बढ़कर आपस के सम्बन्धों को स्वाभाविक किया। निर्मला ने ही नूपुर को गाना सुनाया, खाना बनाया, चाय बनाकर दी है।

तपु बातों-बातों में बताती है कि सिर्फ निर्मला के साथ ही उसने यमुना को सुखी देखा है। और किसी के भी साथ, विशेषकर किसी पुरुष के साथ यमुना बहुत सुखी नहीं थी। हालाँकि उसने कितने पुरुषों के साथ देखा है यमुना को। अपने पिता की बात याद है? तपु होंठ उलट कर कहती है, 'नहीं'। पाशा देखने में कैसा था, यह भी तपु को नहीं मालूम उसे किसी ने पाशा की तस्वीर भी नहीं दिखायी। कहा—देखने की कोई इच्छा भी नहीं है। नूपुर को जानने की बहुत इच्छा होती है, ''यमुना ने जब अपने जीवन की सभी बातों, सब घटनाओं के बारे में तपु को बताया है, तब क्या पाशा को जह़र देकर मारने की बात भी बतायी है?

नूपुर को समझ नहीं आता कि कैसे यह बात पूछे। बहुत देर तक प्रश्न को तरतीबवार रखती जाती है—''तुम अपने पिता के बारे में कुछ जानती हो? वह तो गुजर गये बहुत पहले। तुम तब छोटी-सी थीं। कैसे मरे जानती हो? बूबू ने क्या तुम्हें तुम्हारे पिता के बारे में कुछ बताया है? कैसे उनकी मृत्यु हुई, ये बताया है? तुम्हारे पिता मतलब पाशा भाई को तो जहर पिला कर मारा गया था, जानती हो क्यों मारा था? किसने मारा था? तपु तुम बड़ी हो गयी हो, बहुत समझदार हो, तुम्हें बचाने के लिए तुम्हारी माँ ने जीवन का कितना बड़ा जोखिम उठाया था, जानती हो? आज जो तुम जिन्दा हो, वह इसलिए कि तुम्हारी माँ ने एक बहुत बड़ा क्राइम किया था। कोई-कोई इसको अपराध या क्राइम कहेगा, कोई-कोई नहीं कहेगा। यह बहुत कुछ वैसा ही है जैसे कानून को अपने हाथों में ले लेना। क्रांतिकारी लोग तो लेते हैं कानून हाथ में और हम उनका सम्मान करते हैं। तुम कभी भी अपनी माँ को गलत मत समझना। अगर बूबू के हाथों यह घटना न घटती तो तुम हमें कभी भी नहीं मिलतीं। बूबू ने तुम्हारे पिता को ज़हर पिलाया था। क्योंकि तुम्हारे पिता तुम्हें मार डालना चाहते थे। घर की कामवाली को पैसे खिलाकर यह काम करवाना चाहा था। पर हो न पाया। इसलिए खुद ही मार डालने का प्लैन बनाया था। तुम्हें चोट पहुँचायी थी। पाशा को अगर न हटा दिया जाता तो वह तुम्हें मार ही डालता। आज मैंने तुम्हें बतायी, इस घटना की बात बाद में पता लगने पर कहीं बूबू को खूनी मत समझना।''

नूपुर जब मेज पर बैठ कर चाय पीते हुए अपने मन ही मन सोच रही थी कि यह प्रश्न वह कैसे रखेगी, तब तपु ने पीछे से उसे दोनों बाँहों में घेर लिया, फिर

उसके सिर और गर्दन पर अपनी नाक रगड़ते हुए बोली, तुम्हारी देह ही गन्ध बिल्कुल मेरी माँ की देहगन्ध की तरह है। तुम दोनों अपनी माँ के गर्भ से यह स्मैल लेकर जन्मी हो। तपु हँसती रहती है। तपु ने कभी अपने नाना-नानी को नहीं देखा–वे जिन्दा थे, एक ही शहर में थे, लेकिन मिलना नहीं हुआ। नूपुर एक हाथ से तपु को खींच कर अपने बगल में बैठाती है। "नानी कैसी थीं, तुम्हारे नाना कैसे थे, फोटो देखी है तुमने, बूबू ने दिखाई है फोटो हमारे माँ-बाबा की?"

तपु हँसकर सिर हिलाती है–नहीं।

"क्या लगता है तुम्हें, देखने में कैसे थे, कैसे इनसान थे?"

तपु कहती है–"मैं कल्पना कर लेती हूँ। मेरी कल्पना में वे लोग बहुत बढ़िया इनसान थे। मुझसे मिले होते तो मुझसे बहुत प्यार करते। वे लोग माँ से नाराज थे माँ ने कहा था। लेकिन अगर मेरे साथ मुलाकात होती तो क्या वे लोग गुस्सा पाल कर रखते? सब उड़न-छू हो जाता। मैं तो यही विश्वास करती हूँ, जिन्होंने मेरी माँ को जन्म दिया है वे लोग क्या बहुत इर्रैशनल हो सकते हैं, या बहुत निष्ठुर? मुझे नहीं लगता। बताओ न, कैसे थे वे लोग? बहुत गुस्सैल?"

नूपुर सिर हिलाती है–"नहीं।"

"ईगो प्राब्लम?" तपु पूछती है।

"हाँ, वही," नूपुर कहती है।

"जय ने तो देखा है, नाना-नानी को, जय बहुत लकी है।"

जय को दोनों ही बहुत चाहते थे, प्यार करते थे बहुत। जितनी बार वह देश आया है, माँ-पिताजी उसे रिसीव करने ढाका एयरपोर्ट आते थे। तुम्हारे हिस्से का प्यार भी जय को ही मिला है। जय को उन्होंने उसके हिस्से से ज्यादा प्यार दिया है। मैंने उन लोगों को तुम्हारे बचपन की एक फोटो दी थी। मैंने बताया नहीं था कि तुम्हारी है। शायद समझ गये थे कि तुम्हारी है। मेरे पिताजी ने वह फोटो फ्रेम करवाकर रखी थी अपने बेडरूम में। अगर कोई पूछता कि किसकी तस्वीर है? पिताजी कहते थे, "यमुना के बचपन की फोटो है।"

तपु की आँखों में आँसू झिलमिलाते हैं।

"चलो बरामदे में जाकर बैठते हैं, निर्मला मौसी गाना गाएगी। कितने दिनों से गाना नहीं सुना।"

निर्मला गाती है, तपु को करीब गोदी में बैठाये। नूपुर थोड़ी दूर बैठकर तपु और निर्मला के इस आन्तरिक सम्बन्ध को देखती है। यमुना और निर्मला के सम्बन्ध की बात तपु कितना जानती है, क्या जानती है, नूपुर को नहीं मालूम। एक टी-शर्ट और शर्ट्स पहन रखी है तपु ने। जैसे तो यह छोटा-सा लड़का हो। लाड़-भरा गले का स्वर। यमुना के लिए चीख-चिल्लाकर रो नहीं रही, लेकिन जैसे तो यमुना के

लिए जो रो रहे हैं उनके आँसू पोंछने के लिए ही वह आयी है। जैसे खुद जमुना ही आयी है एक छोटी लड़की के रूप में। वह जीवन की ओर देखने को कह रही है—सामने की ओर। हम सब चले जायेंगे। तुम भी, मैं भी, मान लो कि यमुना है—उसे जो अच्छा लगेगा, चलो सब मिलकर वही करें। तपु मुँह से कुछ कह नहीं रही है लेकिन उसके बर्ताव से यह स्पष्ट है। नूपुर मन-ही-मन कहती है, इसके बाद सबका अपना-अपना जीवन तो चलेगा ही अपने तरीके से कम-से-कम ये कुछ दिन उसे याद कर लें, उसके लिए रो लें। अपने लोगों की मृत्यु के लिए इतना सा भी न रोयें अब, तो फिर कब रोयेंगे। सिर्फ भविष्य की सोचना? सिर्फ सामने चलना? सिर्फ अपना सुख? सिर्फ खुद का सही-सलामत रहना। न रहें कुछ दिन सही-सलामत, दुःख में रहें। क्या बिगड़ जाता है कुछ दिन अच्छा न खायें तो, कुछ दिन रोते रहें तो? यह तो मर जाने की तरह भयंकर कुछ नहीं है। तपु के साथ उसकी ये सब बातें मन-ही-मन होती हैं। आखिरकार नूपुर ने यह महसूस किया कि तपु को पाशा की मौत के बारे में पूछताछ करने में कहीं दिक्कत हो रही है। कुछ चीजें होती हैं जिनके बारे में न जानना ही बेहतर होता है। दो दिन की जिन्दगी, क्या जरूरत है इतना सब जानने की।

सब कुछ पीछे छोड़कर तो चले ही जाना होता है।

नूपुर ने खुद अपने हाथों से तपु की परिचर्या की। उसके बदन पर अपने हाथों से लोशन लगा दिया। तपु बिल्कुल अपने शरीर को नहीं सँवारती। ठीक ऐसे ही नूपुर अपने बेटे जय को करती थी। तपु को जो-जो खाना पसन्द है, निर्मला से पूछ कर वही सब बनाती है। नूपुर जो तपु को बहुत प्यार करती है, यह किसी और तरह से वह तपु को समझा नहीं सकती। उसकी पसन्द के पकवान बनाकर ही वह तपु को अपना प्यार दर्शाती है। इतने दिन तपु को अपने से दूर रखा जरूर है, लेकिन अब वह उसे दूर नहीं रखना चाहती। आज उसका कोई नहीं है—माँ नहीं हैं, पिता नहीं हैं, पति नहीं है, बेटा नहीं है, दीदी नहीं है, बड़े भाई रहकर भी नहीं हैं। है तो सिर्फ यह दीदी के बेटी।

तपु भी शायद यही समझाना चाहती है—सुदूर अटलांटिक सागर पार करके नूपुर के पास चली आयी है तपु। घर में खाना पकाने का झमेला न करके तपु ने हर बार रेस्टोरेंट में खाने का प्रस्ताव/सुझाव रखा, लेकिन नूपुर ने ऐतराज किया है, कि नहीं, तपु को घर का खाना पकाना पड़ेगा।

"परदेस में तो एक यही चीज़ है, जिसे तू मिस करेगी, बच्ची।"

नूपुर कहती है—ठीक ऐसे ही यमुना भी उसे 'बच्ची' कहती थी। नूपुर चौंक उठती है। तो फिर ऐसे बच्ची कहकर कोई और भी उसे पुकार सकता है—माँ के अलावा। यमुना ने तपु से कहा था—माँ और खाला में ज्यादा फ़र्क़ नहीं है।

"तुझे तो तेरी खाला के पास छोड़कर मैं निश्चिन्त होकर ऑफिस जा सकती थी। मुझे पता था जैसे मैं तेरी देखभाल करती हूँ, तेरी खाला भी उसी तरह देखभाल करेगी। खालाएँ तो बहुत कुछ माँ की तरह ही होती हैं।"

यमुना से तपु ने नूपुर के बारे में बहुत बातें सुनी हैं। यमुना यही तो करती थी। अपने जीवन की सब बातें तो बताती ही थी, और भी बहुतों की जिन्दगी के बारे में बताती थी। उसने खुद जिस तरह जिन्दगी को देखा, उसे जो अनुभव हुए हैं—सब बताती थी। तपु उसकी बेटी थी, लेकिन तपु के साथ वह सहेली की तरह बात करती थी, एक खास उम्र के बाद तपु को वह बच्ची या बालिका नहीं समझती थी। तपु का भी यही हाल था, उसकी पूरी दुनिया भी यमुना, यमुना उसकी माँ, उसकी शिक्षिका, उसकी प्रेरणा, उसका आदर्श।

यमुना के कलकत्ते वाले घर में सिर्फ नहाना, खाना, महफिलें, बहस-आलोचना, गाना, गप्पें नहीं होते, जरूरी काम की बातें भी होती हैं। यमुना का रुपया-पैसा, मकान, गाड़ी, घर के अनगिनत सामान इन सबका क्या होगा? नूपुर का कहना है, यमुना के कलकत्ते के बैंक के रुपये-पैसे अपने विदेश के बैंक में ट्रांसफर कर ले, मकान को बेचने के लिए करना है, करे, गाड़ी बेचने के लिए अखबार में विज्ञापन देने से ही चलेगा। ये सब काम काफी जल्दी निबटाये जा सकते हैं। तपु को बुलाकर लाने के पीछे नूपुर का एक यह उद्देश्य भी था।

तपु ने कहा—"कोई पच्चीसेक लाख रुपये हैं बैंक में। उसे जरूरत न हो तो वह यह पैसे नहीं लेगी। गाड़ी को तो शायद बेचना ही ठीक रहेगा, क्योंकि सँभालेगा कौन? यमुना तो नहीं है। निर्मला से पूछना पड़ेगा कि गाड़ी की उसे जरूरत है या नहीं। अगर निर्मला को लगता है गाड़ी उसे चाहिए तब निर्मला के लिए गाड़ी रहेगी, मकान भी रहेगा। यह घर खरीदने के शुरू से ही निर्मला यमुना के साथ रही है। उसका भी दुनिया-जहान में कोई नहीं है। बाकी जिन्दगी इसी घर में रहे। 'सिस्टरहुड' चलाने की जिम्मेदारी निर्मला की। पैसे तो उसी संगठन से आते हैं, निर्मला का खर्चा, जरूर उसी से निकल आयेगा। बैंक में रुपये पड़े रहें, जरूरत हो तो निर्मला भी ले सकती है। और, इस घर में तपु छुट्टी में आती रहेगी। माँ की यादों के पास आयेगी। उसकी अपनी भी तो यादे कम नहीं हैं इस घर में। यह मकान बेच देने का तो प्रश्न ही नहीं उठता। लेकिन तपु साल में कितने दिन आयेगी यहाँ घूमने? तपु ने कहा है शायद दो-तीन साल में एक बार आयेगी घूमने या तो मौका ही नहीं मिलेगा। लेकिन मुझे यह मालूम तो रहेगा कि कहीं आश्रय है मेरा। मेरी माँ का घर। जहाँ माँ के न रहने पर भी माँ से प्यार करती थी ऐसी एक है। यह सोच ही मेरे मन को शान्ति देगी।"

नूपुर ने यह कभी नहीं सोचा था कि तपु कलकत्ते वाले मकान को बेचने में

बाधा देगी। "इस मकान को बेच देने से कुछ करोड़ रुपये मिलेंगे। इतने रुपये छोड़ देने का कोई मतलब नहीं होता। रुपयों की तुम्हें जरूरत होगी तपु। तुम विदेश में पढ़ाई-लिखाई कर रही हो। कब क्या मुसीबत आ पड़े, कहा नहीं जा सकता। तब रुपये-पैसे कैसे मिलेंगे बच्चे? अपने लिए तो सोचना पड़ेगा। तुम्हारा खर्चा भी तो बहुत है वहाँ। निर्मला के अकेले के लिए तो इतने बड़े मकान की जरूरत नहीं है।" नूपुर बड़े कातर स्वर में कहती है तपु को। तपु कहती है, "इसे लेकर इतनी चिन्ता करने की कोई जरूरत नहीं है। उसे तो स्कॉलरशिप मिल रही है। और किताब लिखने के लिए एडवान्स रॉयल्टी भी मिल रही है। पढ़ाना शुरू कर देगी तो ढेरों पैसे भी हाथ में आयेंगे।"

नूपुर बड़े गम्भीर स्वर में कहती है—"और कहीं किसी घर या आश्रय की बात अगर सोचो तो ब्रह्मपुत्र के किनारे मयमनसिंह में जो तुम्हारे नाना का घर है—वह तो है ही, वह घर अब मेरा है—मैंने खरीद लिया है। उसी को अपना घर समझना।"

तपु हँसकर कहती है, "वह घर क्या कभी अपना घर-सा लगेगा? मैं तो कभी उस घर में नहीं गयी। माँ की स्मृतियाँ हैं उस घर में। लेकिन मेरी तो नहीं हैं।"

तपु नूपुर को उत्तेजित और चिन्तित होने के लिए मना करती है। समझाकर कहती है, "घर के जरूरी कागजात दलील वगैरह सब उसके पास ही रखे हैं। निर्मला रहती रहे। निर्मला जब और नहीं रहेगी, न हो, तब बेचने की बात सोची जायेगी। लेकिन निर्मला जितने दिन इस घर में रह रही है, तब तक नहीं।" नूपुर मुँहबाये सुनती है तपु जो कह रही थी—सब।

"नूपू खाला, निर्मला मौसी के साथ, शायद तुम्हें नहीं मालूम, माँ का एक लव-रिलेशनशिप था। दे वर लेसबियन्स। वेरी लविंग ऐंड केयरिंग, दे वर टुगेदर ऑलमोस्ट फॉर फिफ्टीन ईयर्स। माँ नहीं हैं, सिर्फ इसलिए हम उनकी पार्टनर को घर से निकाल देंगे? आई काण्ट डू दैट। बैंक में रखे रुपयों से भी अगर निर्मला मौसी को जरूरत पड़े तो लेंगी।"

बहुत देर तक नूपुर कोई बात नहीं कह पाती। उसे लगता रहता है कि जो कुछ भी घट रहा है वह उसकी आँखों के सामने नहीं घट रहा है, जो सुन रही है अपने कानों से, दरअसल वह नहीं सुन रही है। नूपुर हाथ में चाय का प्याला लिये बाहर की सीढ़ियों पर बैठी रहती है थोड़ी देर। आँगन के आम के पेड़, शरीफ़े का पेड़, काठचपा के पेड़ों को निहारती है थोड़ी देर, हरसिंगार का पेड़, गन्धराज गुड़हल फूल के पेड़—एक बार देखने से ही वह इन पेड़ों को पहचान सकती है। ये पेड़-पौधे उनके ब्रह्मपुत्र के किनारे वाले घर में थे। क्या यमुना ने ये पेड़-पौधे अतीत की बातें सोचकर ही लगाये थे? यहाँ तक कि गमलों में जो पौधे लगे हैं उनमें से एक भी ऐसा पौधा नहीं है जो उसके पीहर में नहीं था। निर्मला ने कहा, ये पौधे वगैरह सब

यमुना ने अपने शौक से लगाये हैं।

नूपुर के दिमाग में सब कुछ उलट-पुलट हो रहा है। निर्मला जैसे नूपुर और तपु के बीच पत्थर की तरह खड़ी है। तपु के मन में निर्मला के लिए इतना प्यार है। निर्मला यमुना की संगिनी थी इसीलिए और नूपुर जो बहन थी, लाडली छोटी बहन! नूपुर चाहती है कि तपु के जीवन में कोई असुविधा न हो। रुपये-पैसों का अभाव तो हो ही सकता है। हार्वर्ड में स्कॉलरशिप मिला है, पीएच.डी. कर रही है या रिसर्च कर रही है हार्वर्ड में। इसका मतलब यह नहीं है कि उसे अभी लाख डॉलर की नौकरी मिल गयी है।

नूपुर का सारा गुस्सा निर्मला पर जा पड़ता है। वह तो बहुत दूर नहीं थी, रसोई में थी। सबके लिए चाय बना रही थी। उसने क्यों आगे बढ़कर नहीं कहा—तपु तुम ये रुपये लो, मकान बेच दो, मेरा जीवन तो बस खत्म होने को है, तुम्हारा जीवन तो अब शुरू ही हो रहा है।

निर्मला ने चुपचाप हाथों में चाय की प्यालियाँ पकड़ायी हैं, भुने मुरमुरे दिये। नूपुर के लिए यह दबाव कुछ ज्यादा ही हो जा रहा है—प्रेमिका थी यमुना की, यमुना ने ही पाला है उसे, लेकिन अब जब यमुना नहीं है तब भी उसे पाला-पोसा क्यों जाये? यमुना तो कहीं लिखकर नहीं गयी कि निर्मला को मेरे पैसों से पालना-पोसना है?

यमुना के कलकत्ते वाले इस मकान में नूपुर पहली बार आयी है। यमुना से ही सुना था कि घर कैसा है। यमुना ने कहा था कि एकदम मयमनसिंह वाले घर जैसा एक मकान चाहिए उसे। छत पर खड़े होने से विशाल आकाश देख पायेगी, उस घर के आँगन में खड़े होने से दिखायी देगी नदी, चारों तरफ पेड़ों के झुरमुट छाये रहेंगे, अन्दर शीतल शान्ति। ऊँची सीलिं, बड़ी-बड़ी खिड़कियाँ, बड़े-बड़े दरवाज़े। इस घर के आँगन में खड़े होने पर कोई नदी नजर नहीं आती, ऊँची-ऊँची सीलिंग भी नहीं हैं। सिर्फ पेड़-पौधों में समानता है, और है छत पर खड़े होने से बहुत फैले हुए आसमान का सादृश्य। जिस मकान में उसका बचपन और किशोरावस्था बीती है वह घर इस कदर छाया हुआ है उस पर, यह क्या इस दुनिया को मालूम था? उस घर में यमुना का कदम रखना भी वर्जित था क्या? इसीलिए उस घर के लिए यमुना के मन में इतना आकर्षण था। जब भी नूपुर उस घर में जाती या घूमकर आती वहाँ से, तो यमुना पूछती—"खिड़कियाँ खुली रहती हैं न अब भी? खिड़की शीशे पोंछता है कोई? या कि धूल जमी है? दो मंजिले की खिड़की से सुपारी के पेड़ को हाथ लगाया जा सकता है? अब भी? और वह गुलाब का बगीचा है? माँ क्या अब पेठा-कद्दू नहीं लगाती? कबूतर नहीं पालती? मेरे वाले कमरे में अब कौन रहता है। अलमारी में मेरी कितनी सारी चिट्ठी-पत्री हैं, किताबें हैं, मैगजीन हैं,

उन्हें नष्ट तो नहीं कर दिया? मेरे कमरे से आसमान बड़ा अच्छा दीखता था, अब भी दीखता है? या कि किसी पेड़-वेड़ से ढँक गया है। और वह झाड़बत्ती? छत से दीखने वाला वह आसमान?''

नूपुर दिनभर यमुना के प्रश्नों के उत्तर देती जाती थी। विज्ञान के विषय को लेकर दिन-रात माथापच्ची करने पर भी प्रकृति और स्मृति के सामने यमुना सिर झुकाती थी। उस मकान का हर एक कमरा, हरेक कोना-अँतरा, आँगन, मैदान, आँगन में लगा वह शरीफे का पेड़, अमरूद का पेड़, वह आम का पेड़, कटहल का पेड़, वह काठचम्पा, वह गन्धराज, हरसिंगार के पेड़ के बारे में बताना पड़ता था उसे। माँ-पिताजी की बात पूछती नहीं थी। शायद रूठी हुई थी लेकिन घर के लिए कोई रूठना वगैरह नहीं। कभी-कभी नूपुर को लगता था—असल में यमुना का यह लगाव उस घर के लिए नहीं, बल्कि उसके अपने बचपन, किशोरावस्था और यौवन के लिए लगाव था। उस ओर बार-बार पलट कर देखना। अपने को देखना। नार्सिसिज़्म। नूपुर को समझ में नहीं आता था। यमुना क्यों इतना 'घर घर' करती थी। नॉस्टालजिया? नार्सिसिज़्म? या कि हासिल न कर पाने का रुदन। चाहे कारण जो भी हो यमुना 'घर-पगली' थी। इतनी बुद्धिमती, तर्कवादी, पदार्थ विज्ञान में फर्स्टक्लास पाने वाली लड़की होकर भी ऐसी तर्कविहीन अजीब-गरीब बातें करती थी। एक बार कहने लगी—घर के आँगन से जरा-सी मिट्टी ले आना तो। मिट्टी-मिट्टी करके पगला गयी। नूपुर ने मिट्टी लाकर दी, वह मिट्टी ढाका के फ्लैट में गमले में डाली, तब जाकर एक मोगरे का पौधा लगाया ब्रह्मपुत्र के किनारे वाले घर के आँगन की मिट्टी के बगैर वह पौधा नहीं लगेगा, न उसमें फूल ही खिलेंगे। असल में यमुना ने जन्म से ही फूल और फूल के पौधे देखे हैं। देखते-देखते और ऐसे माहौल में बड़े होते-होते, इन पेड़-पौधों के साथ उसका नाता पनप गया है। बाद में चाहे कितनी ही दूर चले जाओ वह नाता बना ही रहता है—भीतर कहीं रह जाता है। घर छोड़कर तो नूपुर, नईम, यमुना तीनों भाई बहन ही निकले हैं, लेकिन घर के लिए ऐसा तीव्र आकर्षण, ऐसा जुड़ाव तो और किसी ने अनुभव नहीं किया, जैसे यमुना ने। यमुना जब स्कूल में पढ़ती थी तभी से अपनी माँ के साथ बैठ कर गुलाब, चन्द्रमल्लिका, मोगरा, लिली, माधवी लता, गन्धराज और भी कई पौधे तो लगाती ही थी—फूलगोभी, बन्दगोभी, टमाटर, मिर्च, लौकी, सेम, आलू, धनिया पत्ती ऐसे भी बहुतेरे पौधे लगाती थी। मिट्टी के साथ गहरा सम्बन्ध क्या तभी से उपजा यमुना के मन में? यमुना की माँ कहती थी यमुना बड़ी होकर 'बॉटनिस्ट' बनेगी। इसीलिए सब सोचते थे वह बड़ी बॉटनिस्ट ही बनेगी और बड़ा कुछ आविष्कार करेगी। उसे केवल आविष्कार में ही दिलचस्पी थी। कोई एक पेड़ मर रहा है तो खोजबीन करना शुरू कर देगी। लाइब्रेरी से पेड़-पौधों की बीमारी, मौत की किताब लाकर दो दिन में ही पढ़ कर

खत्म कर देती और पंडिताई से भर जाती। घर में अगर राजमिस्त्री कोई काम करने आया हो तो यमुना भी उसके साथ काम में लग जाती। इस धरती के नाना प्रकार की चीजों के प्रति बचपन से ही उसके मन में आकर्षण था। किसी दिन चुप करके एक जगह बैठ नहीं पाती थी। जब उसकी उम्र आठ साल की थी, उसने नूपुर से कहा—लगता है इस मकान के नीचे शायद डायनासोर की हड्डियाँ मिल सकती हैं या फिर अनचीन्हा-अनजाना कुछ। चल खोद, खोदकर देखते हैं किसी खान का पता लगता है या नहीं। नूपुर ने दो दिन में ही पल्ला झाड़ लिया था लेकिन यमुना महीनाभर तक खोदती रही। डायनासोर की हड्डियाँ तो नहीं मिलीं पर तरह-तरह की छोटी-मोटी चीजें मिलीं उसको। रंगीन शीशे के टुकड़े, मार्बल की गोली, पुराना पैसा, चश्मा, घड़ी छोटे-छोटे पत्थर और ताँबे-पीतल के हाथी, घोड़े, बाघ, भालू। ये सब एक शीशे के बयाम में रख देती थी यमुना और कहती—इन हाथी-घोड़ों को पाँच हजार साल पहले बनाया था किसी ने। कोई पुरानी सभ्यता थी इस जमीन के तले। नूपुर मुँह बाये सुनती। सिर्फ घर में ही नहीं, मोहल्ले में इतनी छोटी-सी उम्र में ही एक विज्ञान मेले में साइंस की कोई चीज़ दिखाकर पुरस्कार पाया था यमुना ने। यमुना से पाँच साल छोटी थी नूपुर। छोटी-सी नूपुर को लेकर यमुना हर साल कभी इस मुहल्ले कभी उस मोहल्ले या स्कूल के विज्ञान मेले में जाती थी। इसके लिए उसे उत्साहित करते थे उसके पिता। उसी पिता के साथ उसके सम्बन्ध कब कैसे बिगड़ गये। सिर्फ एक शादी की वजह से। बिना शादी के बच्चे को रखने के लिए। शादी, नूपुर को अब पूरी शिद्दत के साथ पता है कि शादी एक कागज के अलावा और कुछ नहीं। शौकत को छोड़कर चले आने के बाद, नयी शादी करने में शौकत को छः महीने भी नहीं लगे।

नूपुर पीछे मुड़कर देखती है और सारी घटनाएँ उसे यकीन के परे लगती हैं—अविश्वसनीय। घर में यमुना को सबसे ज्यादा लाड़-प्यार मिलता था। माँ-पिता, नाते-रिश्तेदार सभी का प्यार। किसी के घर कोई अनुष्ठान हो रहा है, यमुना को बुलाया जाता। यमुना क्विज करो, साइंस का खेल दिखाओ, कविता बोलो। यमुना के पीछे-पीछे जाती नूपुर। यमुना के लिए तालियाँ पड़ते देखती, उसे लोग प्यार करते, तो देखती। यह सब देखते-देखते, यमुना से वह जितना प्यार करती थी उससे ज्यादा प्यार करने लगती। यमुना की आँखों में धूल झोंकना मुश्किल था, बड़ों-बड़ों के लिए भी। अगर कोई जादू दिखाता, पैसे या ताश से, यमुना झट से उनकी हाथ की चालाकी पकड़ लेती। जो चीजें और किसी के दिमाग में नहीं आतीं, यमुना के दिमाग में कैसे आती थीं, कितने दिन पहले की वे बातें—नूपुर खाली नजरों से ताकती रहती है सामने।

किसके साथ बात करेगी अब नूपुर अपने उस नटखट बचपन के बारे में? बातें

करने के लिए तो अब कोई नहीं रहा। जो साहस और शक्ति नूपुर ने खो दी थी, वह दुबारा लौट आयी है। लेकिन इस शक्ति को लेकर वह अकेले-अकेले करे क्या? ब्रह्मपुत्र के किनारे वाले घर को खरीद कर उसने सोचा था, घर को बहुत अच्छी तरह सजाकर यमुना को यहाँ ले आयेगी। यह घर अब और किसी का नहीं नूपुर का है। नूपुर ने ढेरों रुपये खर्च करके एक घर खरीदा है, घर नहीं दरअसल, एक 'घर भरी यादें' खरीदी हैं। अगर रुपये यमुना न देती तो इतने ढेरों रुपये कमाने की औकात नहीं थी नूपुर में। शौकत का घर छोड़कर चले जाने के बाद नूपुर की सहायता करने वाला कोई प्राणी न था। वह सब छोटी-मोटी नौकरी अब और नहीं। नूपुर ने अपने मन में असीम साहस भरके सोचा वह रेस्तराँ का बिज़नेस करेगी। यमुना के दिये एक लाख डॉलर से उसने शुरू किया। जो आत्मविश्वास उसमें कभी नहीं था, वह उसमें आया। जैकसन हाइट्स में लोगों की पसन्दीदा दुकान 'हाट बाज़ार' का मालिक था मयमनसिंह का लड़का अंजन—नूपुर का बहुत दिनों का परिचित। उसकी सलाह और सहयोगिता लेकर, यमुना के दिये रुपयों से नूपुर ने दुकान खोली थी—'माछ-भात (मच्छी-भात) बंगाली पकवानों की दुकान।' 'हाट बाज़ार' को मात दे दी—'माछ भात' ने। इतना पॉपुलर हो गयी थी। एक लाख डॉलर लगाकर नूपुर पाँच साल के अन्दर ही कई लाख डॉलर की मालकिन बन गयी। अब और पैसे की जरूरत नहीं है उसे। यमुना के दिये हुए पैसे लौटाकर भी अब उसके पास काफी पैसे हैं। यमुना ने वह रुपये बैंक से लोन लिए थे। सूद अपनी जेब से ही दिया था। नूपुर ने फैसला किया है कि उसका बाकी बचा जीवन वह ब्रह्मपुत्र के किनारे वाले इस घर में यादों के झूले में झूलते हुए बितायेगी। ब्रह्मपुत्र तो है ही, यमुना भी पास ही है।

लेकिन जिस यमुना को वह अपनी जिन्दगी के एक सफल काम को दिखाने के लिए उत्तेजित हो रही है, वही यमुना अगर देख न पाये। उसका यह शौक से बनाया मकान, वह घर-दुआर यमुना अगर इस घर के आँगन में नंगे पाँव न चले-फिरे, तब फिर इस घर का क्या फायदा? दोनों बहनें मिलकर इस घर में गप्पें न करें, पैदल ब्रह्मपुत्र के किनारे-किनारे चलकर घर न लौटें, तब फिर इस घर का फायदा ही क्या? क्या फायदा इन ईंट-पत्थरों का।

नूपुर का जीवन शुरू से आखिर तक व्यर्थ सा ही है। सचमुच की सार्थकता क्या होती है, वह इतने दिन यमुना को दिखा न पायी है। न तो एक अच्छी नौकरी जुटा पाना, न जय को सही तरीके से पालना-पोसना, न पति का प्यार पाना, नूपुर यह सब कुछ भी न कर पायी। सिर्फ एक ही काम हो पाया है—इतने दिन अमेरिका में गधे की तरह मेहनत करके जो पैसे कमाये, उससे ब्रह्मपुत्र के किनारे यह मकान खरीद सकी है। जिस घर में यमुना के प्रवेश की मनाही थी। उसी घर में यमुना को प्रवेश कराके नूपुर ने यह दिखाना चाहा था यमुना को कि नूपुर का सारा जीवन ही

व्यर्थ नहीं है। कम-से-कम आखिर तक आकर वह अपना थोड़ा-सा सम्मान बचा पायी है। नूपुर ने कल्पना की थी कि यमुना कितनी खुश होगी, कैसे बच्ची की तरह उछल-कूद मचायेगी, कैसे वह उन दिनों की बातें करना शुरू कर देगी जिन दिनों की बात करते हुए यमुना का जी नहीं अघाता था। यमुना को हैरानी में डालना चाहती थी नूपुर, यमुना को चौंका देना चाहती थी नूपुर।

आँखें बन्द कर लेने पर नूपुर को वे दिन दिखायी देते हैं। दोनों मैदान में खेल रही हैं, दौड़कर दोमंजिले पर चढ़ रही हैं, दोमंजिले की छत पर चढ़ रही हैं। साइकिल पर चढ़कर वह पूरे मोहल्ले का चक्कर लगा रही है, पीछे-पीछे नूपुर। तालाब में तैरने के लिए चली जा रही है, साथ नूपुर है। ब्रह्मपुत्र में नाव चलायेगी, छोटी-सी नाव में बैठकर कौन गाना सुनायेगा? नूपुर। इन्हीं दिनों को अपने सीने में सँजोये यमुना जीती थी। इतना कुछ था उसकी जिन्दगी में, फिर भी वह शरारतें, वह रोमांच वह कभी भूल नहीं पायी। अपनी और यमुना की ये सब यादें न होतीं तो क्या नूपुर इतनी ज्यादा कीमत अदा करके यह मकान खरीदती? अगर उसकी अमेरिका छोड़कर ढाका में बसने की इच्छा होती तो वह ढाका में कोई भी एक फ्लैट खरीद सकती थी। क्यों मयमनसिंह में ही? क्यों ब्रह्मपुत्र के किनारे? वह दौड़-दौड़कर पूरे साल नदी के किनारे चले जाना उसकी किशोरावस्था की यादों से बाँधे न रखता—तब नूपुर को यह घर खरीदने का कोई आग्रह न होता। वह खुद से पूछती है कि क्यों उसने यह घर खरीदा? अगर खरीदना ही था तो यही घर क्यों? क्या दूसरे मकान न थे। इससे भी आधुनिक? इससे ज्यादा मजबूत। दरअसल नूपुर ने गुच्छे के गुच्छे स्मृतियाँ, यादें खरीदी हैं। माँ-पिता के स्नेह की स्मृतियाँ, बूबू के प्यार की स्मृतियाँ, रुपयों से खोये हुए दिन खरीदे हैं। मिटी हुई पैरों की छाप खरीदी है, धुल गयी इक्के-दुक्के की छाप खरीदी है। नूपुर यमुना के कलकत्ते वाले घर में नंगे पैर चल रही थी, पेड़ों को देख रही थी, और उन पुराने बीते हुए दिनों की बात सोच रही थी।

तभी तपु ने उसे दुमंजिले से आवाज लगायी। दोमंजिले के बरामदे से उसके आधे शरीर को मुग्ध दृष्टि से देखा नूपुर ने। जैसे तो तपु नहीं, यमुना बुला रही है उसे।

''नूपुर खाला, व्रजदा आपके दस्तखत लेने आये हैं, आपको बुला रहे हैं।''

''नूपुर दोमंजिले में आ गयी बृज ने कागज आगे बढ़ा दिया। एसएमएस का जवाब नहीं दिया। कल फोन साथ में लेकर नहीं निकला। कल कलकत्ते के बाहर गया था। बहुत दिन हो गये। देखूँ, आज ही बॉडी लेकर जाऊँगा।''

''आज ही?''

नूपुर चौंक उठती है।

''हाँ, आज ही। जिस वजह से उसे वेट करने को कहा था वह तो हो गया।

बेटी अमरीका से आयी है। बॉडी देखना हो गया, और देर नहीं की जा सकती।''

''लेकिन...''

''जल्दी तो आप लोग ही मचा रहे थे। अब क्या हो गया?''

निर्मला एक कलम आगे बढ़ा देती है। बायें हाथ में कागज, दाहिने हाथ में कलम। कागज का मजमून ध्यान से पढ़ती रहती है नूपुर। सामने निर्मला है, तपु है, व्रज और उसके साथ के लोग बात करते रहते हैं कि किस मेडिकल कॉलेज में पोस्टमार्टम के लिए बॉडी देनी है, किन-किन लोगों ने अब तक दिया है, मृत्यु के बाद देह, कौन-कौन से मशहूर लोगों ने। महीने में उन लोगों के पास कितनी बॉडी आती हैं।

अचानक नूपुर बोल उठती है—''इस सबकी कोई जरूरत नहीं है। मेडिकल में बॉडी की कमी नहीं है। इन देशों में दिन में हजार-हजार लोग मारे जाते हैं, बहुत लावारिस लाशें पड़ी रहती हैं चारों तरफ। बूबू की डैडबॉडी न पाने पर किसी का कोई नुकसान नहीं होगा, मेडिकल रिसर्च भी रुका नहीं रहेगा, डिस्कशन रूम में छात्रों के लिए लाशों की कमी नहीं होगी, चीरफाड़ करके डॉक्टरी विद्या सीखने की। मैं बूबू को अपने देश के घर ले जाऊँगी। ब्रह्मपुत्र के किनारे उस घर से बहुत प्यार था बूबू को। उसी घर में बूबू यानी यमुनादी बड़ी हुई हैं। यमुनादी यमुनादी बनी है, जिस यमुनादी को हम प्यार करते हैं—वही यमुनादी। उसी घर में बूबू बड़ी हुई थी सब से अलग। वहाँ के पेड़-पौधों से बहुत लगाव था बूबू का। वहाँ की हवा रोशनी के साथ भी। ब्रह्मपुत्र से जो हवा बहकर आती थी, वही हवा, वह मैदान अब खाली सपाट सा पड़ा है, बूबू कभी खेलती थी जिस मैदान में वहीं उसे लिटा दूँगी। सिरहाने हरसिंगार का पेड़। बूबू को हरसिंगार बहुत पसन्द थे। बल्कि तुम लोग मुझे, वह क्या कहते हैं, कॉफिन-वाफिन वह सब खरीदने में मदद करो। दरअसल अगर सच कहा जाय तो ढेरों पैसे हों तो आजकल बहुत धनी लोग जो करते हैं शरीर को बर्फ में डुबोकर रखते हैं, मैं भी वही करती। भविष्य में फिर जिन्दा किया जा सके, जब बर्फ में रखी डैडबॉडी में दोबारा लाइफ लायी जा सकेगी, ऐसा कुछ आविष्कार होगा। मैं जितने दिन जिन्दा रहूँगी, बूबू को साथ लेकर ही जिन्दा रहूँगी। इसके बाद क्या होगा, जो होना है होगा, सब कुछ तो मेरे वश में नहीं है न।

सब चुप। सबकी नजरें नूपुर की तरफ। नूपुर और कुछ बोलेगी क्या? इसी पर ध्यान था सबका। लेकिन उसने इतना कहकर ही हाथ में पकड़े कागज और कलम को मेज पर रख दिया? कागज पर कहीं दस्तखत नहीं किया था। निर्मला, तपु, व्रज, व्रज के साथ चश्मा पहने, दार्शनिक सा दीखने वाला वह आदमी—किसी के मुँह में कोई शब्द नहीं।

सत्कार

घर के आँगन में ब्रह्मपुत्र के किनारे यमुना को लिटा रखा है नूपुर ने। सिरहाने हरसिंगार का पेड़ है। पक्की कब्र पर संगमरमर पर लिखा एक एपिटैफ भी है। एपिटैफ लिखने के समय काफी कुछ सोचा था कि क्या लिखेगी? लिख रखा है इसलिए कि कम से कम लोग जानें कि एक जना यहाँ लेटा हुआ है। नूपुर तो सारी जिन्दगी नहीं रहेगी। अपनी कब्र तैयार करके जाने की उसे कोई इच्छा नहीं है। अपना वंशज कहने को उसका कोई नहीं है। यह घर वह तपु को ही दे जायेगी। पर क्या तपु इस देश में आकर इस मकान में रहेगी। अगर वह रहे और इस घर को न बेचे, तब शायद यमुना की पत्थर से चिनी हुई कब्र को तपु और उसके वंशज रहने देंगे। नहीं तो कोई न कोई इसे तोड़ेगा तो सही। इस कब्र के ऊपर मकान, सड़कें बन जायेंगी, कारखाने बनेंगे। इस धरती पर कितना कुछ होगा, कितना तोड़ना, बनाना। करोड़ों-करोड़ों साल में मनुष्य कितना बदल जायेगा—कौन यमुना, कहाँ की यमुना, कौन उसका हिसाब रखेगा। पर नूपुर जितने दिन है, वह यमुना का कोई अनिष्ट होने नहीं देगी। नूपुर जानती है यमुना यह सब देखने पर कहती—"नूपुर शरीर बहुत अहम चीज नहीं है, तू प्यार करती है वही बड़ी बात है। तेरा मन। तुझे मेरी याद आयेगी। मैं जो बातें कहती थी, अगर वह बातें तुझे ठीक लगती हों तो तू कहेगी—बूबू ने ठीक कहा था—या बूबू ऐसा करती थी। ठीक है मैं भी तो करूँगी। इसी में मेरे जीवन की सार्थकता है। मैं तो कोई 'पब्लिक फिगर' नहीं हूँ। मैं बिल्कुल ही प्राइवेट व्यक्ति हूँ। कुछ लोग प्यार करते हैं। इसी में सुख है मुझे। जो लोग लाश लेकर उछल-कूद करते हैं, वे लोग आत्मा में विश्वास करते हैं। 'आत्मा' नाम की कोई चीज नहीं है। मुझे विश्वास नहीं है। तुझे जरूर इन सब फालतू सुपर-नैचुरल चीजों में विश्वास नहीं है।"

शुक्र है कि यमुना नहीं है, इसीलिए नूपुर को विश्वास है कि उसे जो अच्छा लग रहा है, वही वह कर पा रही है। यमुना व्यक्ति की स्वतन्त्रता पर विश्वास करती थी, लेकिन नूपुर की बहुत सी स्वतंत्रताओं में यमुना ने दखलअन्दाजी की है—हाँ, जरूर की है। आज यमुना रहती तो उसकी लाश को कलकत्ता मेडिकल में देकर ही नूपुर

को घर लौटना पड़ता, यमुना को कॉफिन में लेकर देश लौटना नहीं पड़ता। तपु ने आखिरकार ऐतराज नहीं किया था। हालाँकि शुरू में कहा था—"माँ ने जो चाहा था, जिस तरह चाहा था उसी तरह सब कुछ होना चाहिए। आफ्टर ऑल उसकी बॉडी है। आज वह नहीं है। लेकिन उनकी इच्छा थी मेडिकल में बॉडी देने की। हमें उनकी इच्छा का मान रखना है। बस।"

नूपुर खुश नहीं थी। तपु के इस तरह से नूपुर के सुझाव को नकार देना। उसे पता है कि यमुना की शवदेह का क्या होगा, क्या नहीं, इसका फैसला करने का अधिकार तपु को ज्यादा है। नूपुर बहन है। लेकिन बहन होने पर भी लम्बे अर्से तक दोनों बहनों के बीच रिश्ते में गरमाहट नहीं थी। यमुना से रुपये उधार लेने के बाद भी रिश्ते में पहले जैसी गर्माहट नहीं आयी। नूपुर के मन में एक अटपटापन था ही। जय को 'रिहैब' में ले जाने के लिए यमुना ने जिस तरह कोशिश की थी, और इसीलिए नूपुर ने जिस तरह यमुना का अपमान किया था—वह सभी कुछ उन दोनों के रिश्ते में कील-से गड़े थे। एक के बाद एक साल गुजरते गये, नूपुर अपने अपराध-बोध को दफना न सकी थी। नूपुर का हार जाना नूपुर को कुंठित करके रखता था।

आज वह यहाँ आयी है, यमुना की इच्छा के बाहर एक फैसला लेने, जहाँ पर स्वयं यमुना की अपनी बेटी उपस्थित है। जिस बेटी को सही रूप से मनुष्य बनाकर तब उसकी माँ ने इस दुनिया से विदा ली है। व्यर्थता तो सिर्फ नूपुर की ही है। फिर से वही—जय का न रहना—अगर जिन्दा रहता तो क्या-क्या बन सकता था, इन्हीं का हिसाब लगा रही थी वह लेटे-लेटे रात के ग्यारह बजे—"नूपुर खाला, जग रही हो?" कहकर कमरे में आती है तपु।

नूपुर के दोनों हाथ अपने हाथों में लेकर चूमते हुए कहती है—"तुम्हारा फैसला ही फाइनल फैसला है। नूपु खाला। मुझे पता है माँ तुम्हें कितना प्यार करती थीं। तुम उनसे कितना प्यार करती थीं, मैंने नहीं देखा। लेकिन माँ की फैमिली में तुम ही एकमात्र थीं जो उनके बुरे समय में उनके साथ थीं। जो आदमी, मतलब—माई सो कॉल्ड फादर, मुझे जान से मार डालने को तैयार था, माँ अगर उसे खत्म न कर देती तो मैं भी न बचती और माँ भी न बचतीं अलटिमेटली। आई डोंट लाइक किलिंग। माँ ने गलत काम किया है, लेकिन माँ के पास उस समय दूसरा कोई रास्ता न था, यह मैं समझती हूँ। उस हालत में होते तो तुम या मैं शायद यही करती—जो माँ ने किया था। तुम उस समय मेरी माँ के साथ थीं एक बहन की तरह, माँ की तरह और एक दोस्त की तरह। माँ तुम्हारे उस उपकार की बात कभी नहीं भूली। यह तुम्हारा ही डिसिज़न होगा नूपु खाला। अगर माँ को देश ले जाना चाहती हो तो ले जाओ, मैं ऐतराज नहीं कर रही हूँ। माँ शायद, तुम्हारा फैसला ही मान लेती। हाँ,

यह ठीक है कि माँ मृत्यु के बाद अपनी देह मेडिकल को दे गयी है, लेकिन वह तो पाँच साल पहले की बात है। पाँच साल में लोगों के फैसले भी बदल तो जाते ही हैं। नहीं बदलते? तुम ले जाओ। अलावा इसके बॉडी को मेडिकल में देने के फैसले के समय अगर माँ को पता होता कि उनका मयमनसिंह वाले घर में जाना सम्भव है, तब शायद वे ऐसा ही चाहतीं, वे चाहतीं कि उनके अपने घर में ही उन्हें दफनाया जाय। मेडिकल साइंस का माँ की बॉडी के बगैर भी काम चलता रहेगा।''

नूपुर की आँखों में उस समय आँसू थे। उसने तपु के दोनों हाथ पकड़े, अपनी बाँहों में ले लिया, माथे को चूमा। ठीक ऐसे ही यमुना भी तपु को चूमती थी। तपु को दोनों के स्पर्शों का मेल समझ में आता है। वह एक लम्बी साँस लेती है। बहुत रोयी है वह यमुना के लिए। अकेले-अकेले हार्वर्ड के अकेले कमरे में बैठे हुए आँसू में डूब गयी थी वह। लगता है अब तपु की आँखों में आँसू नहीं बचे। वह अब नहीं रोयेगी—कम से कम निर्मला और नूपुर के सामने नहीं। यमुना की दृढ़ता और सीधे सर ऊँचा कर रहना तपु को उत्तराधिकार में मिला है। यमुना का संवेदनशील मन भी मिला है। आजकल समय मिलते ही वह यमुना को चिट्ठी लिखती है। यही एक काम है जो वह तर्कहीनता के साथ करती है। उसकी माँ मृत है, यह चिट्ठी किसी दिन भी पढ़ नहीं पायेगी, यह जानते हुए भी वह लिखती है। लिखते-लिखते एक बात पर उसका ध्यान जाता है—यमुना की मृत्यु के बाद खबर सुन कर उसे जो साँस की तकलीफ हो रही थी—वह अब बहुत कम हो गयी है। चिट्ठियों में अपनी सब अनुभूतियों की बातें, दिनभर क्या-क्या हुआ, किसके साथ मिलना हुआ सब लिखती है। ऐसा करने पर कम से कम यह होता है जिसको वह मन की सारी बातें दिल खोल कर कहती थी अभी भी उसे ही सब बातें खुलकर बता पा रही है, मुँह से नहीं, लिखकर कह रही है—लेकिन कह तो रही है। उसे अकेलापन महसूस नहीं होता, उसे यह नहीं लगता कि यमुना जो उसकी माँ थी, और साथ ही सबसे बड़ी मित्र थी, वह नहीं है।

नूपुर कॉफिन लेकर ढाका के विमान पर चढ़ती है। नूपुर को विदा करके बचा हुआ समय एयरपोर्ट में ही बिताती है तपु। करीब दो घंटे बाद तपु अमरीका के लिए रवाना होती है। अकेली घर लौटती है निर्मला। घर वैसा ही छोड़ गयी है, निर्मला ही रहेगी घर में। तपु आयेगी बीच-बीच में, नूपुर भी शायद कभी आये। तपु कभी घूमने आये या छुट्टियाँ बिताने तब शायद नूपुर आये तपु से मिलने।

क्या तपु कभी ब्रह्मपुत्र के तट पर जायेगी? उससे यह नूपुर ने नहीं पूछा। नूपुर को लगा था कि नाना-नानी ने जिन्दा रहते एक बार भी जिस तपु को देखना नहीं चाहा, तपु को एक बार भी घर में आमन्त्रित नहीं किया, वही तपु क्यों आयेगी उनके घर। और नूपुर ने भी खाला होकर क्या किया तपु के लिए? कुछ भी नहीं।

विदा लेते वक्त नूपुर का सिर झुका हुआ था शर्मिन्दगी से। एक बार उसने कहना चाहा था "और किसी के लिए न आना, किसी को माफ न करना, अपनी माँ के लिए आना। तेरी माँ का शरीर तो रहा यहाँ।" पर कहना चाहकर भी नूपुर ने नहीं कहा, क्योंकि वह सब शरीर-वरीर की बातों में तपु का विश्वास नहीं है—यह उसने पहले ही सबको बता दिया था। कितने लोग कहते हैं—प्राण थे पर प्राण पखेरू उड़ गये, आत्मा आसपास घूमती रहती है। नहीं, नूपुर को भी इन सब बातों में विश्वास नहीं है। लेकिन यमुना के उस मृत शरीर को, जाने क्यों, वह समझती है कि वह यमुना ही है। हाँ प्राण नहीं है, अनुभूति नहीं है, वह सब नहीं है लेकिन कॉफिन में लेटी है जो, वह तो वही इनसान है। वही मुँह, वही नाक, वही हाथ, वही पैर, वही वक्ष, वही ठोड़ी।

मैदान में गन्धराज के पौधे के नीचे जमीन खोदने के लिए जिन लोगों को बुलाया था, उन सभी ने कहा था 'मुसलमानों' में कॉफिन में लिटाने की प्रथा नहीं है। बाँस के ऊपर सफेद कपड़े के कफन में लपेट कर लिटा दिया जाता है, और फिर शरीर पर ढेरों मिट्टी डाल देनी पड़ती है। नूपुर ने सुना है—लोगों को कैसे कब्र में दफनाया जाता है। बस सुना ही है। पिता और माँ के गुजर जाने के बाद चाहे जो कोई भी गया हो, वहाँ नूपुर नहीं गयी थी। वजह यह कि लड़कियों का कब्रखाने में घुसना मना है। लेकिन यमुना को दफनाने के समय वह खुद वहाँ खड़ी रही थी। एपिटैफ—(कब्र के ऊपर मजमून) लिखने के लिए किसी को नहीं भेजा, खुद गयी, खुद बैठ कर लिखवा कर लायी। छोटे बाजार के एक दुकानदार ने संगमरमर के ऊपर लिखा। लिखते समय वह आदमी हालाँकि बार-बार बोल रहा था—"आप घर चली जाइए, लिखना पूरा हो जाये तो यह आपके घर पहुँचा दिया जायेगा।" नूपुर ने कहा था—"मैं बैठती हूँ, मुझे कोई असुविधा नहीं है। और घर तो खाली है, वहाँ पहुँचने की कोई जल्दी नहीं है मुझे।"

नूपुर अपने हाथ में संगमरमर की प्लेट लेकर घर लौटी। संगमरमर पर खुदे हुए काले अक्षरों में लिखा हुआ है—'मैंने अपनी तरह से जीवन जिया, तुम भी तुम्हारी तरह से जियो'—इतना ही। हरसिंगार के पेड़ के नीचे इस समाधि लेखन को भविष्य में कौन देखेगा? शायद तपु ही, या उसके बाल बच्चे या बच्चों के बच्चे। उसके बच्चे अगर बांग्ला न समझ पायें, तो समझेंगे ही नहीं कि क्या लिखा हुआ है, नहीं समझेंगे तो अनुवाद करवा लेंगे। या फिर कौन जाने, कोई एक शायद बांग्ला भाषा सीखकर इसी भाषा में किताब लिखेगा।

कुछेक मामा और चाचा लोग यमुना की कब्र देखकर गये हैं। बचपन के खेल के संगी-साथी आये हैं। सब लोगों को अचम्भा हुआ था। शहर में इतनी कब्रगाह रहते घर में क्यों? नूपुर उदासी से हँस दी थी। नईम एक दिन कहीं जा रहा था,

मयमनसिंह के ऊपर से हवाईजहाज से। वह रुका था। पन्द्रह मिनट से ज्यादा समय नहीं था उसके पास।

"बूबू को तो घर ही में रखा मैंने," नूपुर ने कहा।

"मतलब?"

"मतलब तुम लोग जिसे कहते हो कब्र देना। वह घर ही में हुआ।"

नूपुर नईम को मैदान में वह पक्की कब्र दिखाती है

"तेरा दिमाग-विमाग खराब हो गया है नूपुर," नईम धमकाकर कहता है। बहुत देर तक यही कहता रहता है, "दिमाग खराब न हो तो कोई भी ऐसा अजीबोगरीब काम नहीं करेगा।" नईम यह बात नूपुर के दिमाग में ठोंक-ठोंककर भर देने की कोशिश करता है। नूपुर चुप रहती है। उसे लगता है नईम ने अच्छा ही किया कि वह सिर्फ पन्द्रह मिनट के लिए ही रुका। वह बेसब्री से नईम के जाने का इन्तजार कर रही थी। यह घर नईम का नहीं है, यह घर नूपुर का है। नूपुर का ही फैसला होगा कि वह इस घर की मिट्टी में क्या दफनायेगी, क्या नहीं। यमुना की मृतदेह का क्या होगा, क्या नहीं। उसका फैसला करने का अधिकार भी नईम का नहीं है। तब फिर उसकी आवाज में यह कैसी दबंगई है? वह ज्यादा समझता है, यही। नूपुर के होंठों के कोनों पर हँसी झलक आयी। इन सब लोगों के डर से नूपुर हमेशा डरी-सिमटी रही। आज उसे गुस्सा आता है, जब वह उन दिनों की बात सोचती है। नईम और उसकी पत्नी क्या कहेंगे—इसी के डर से उसने शौकत को डिवोर्स नहीं किया। उसके चाचा मामा पुराने पड़ोसी यह सुनकर क्या सोचेंगे—सिर्फ इसीलिए उसने उसकी मार-पिटाई सही है—बताये नहीं जा सकते, ऐसे अत्याचारों को झेलती रही है। आखिरकार उसने शौकत को छोड़ ही दिया। लेकिन, क्या अब कोई भी उसको कुछ कहने का मौका पा रहा है। लोगों को मौका मिलता अगर लोग देखते कि नूपुर एक असहाय अबला नारी की तरह जी रही है। नूपुर अब अपनी जिन्दगी के आखिरी कुछ वर्ष अपनी तरह से जीना चाहती है। उसे उन दिनों की याद आती है, जब यमुना बार-बार नूपुर से अपना अलग अकाउंट खोलने को कहती थी। अमरीका में कदम रखते ही नूपुर ने नौकरी करना शुरू कर दिया था। उसकी तनख्वाह जमा होती थी जॉइंट अकाउंट में। नूपुर यमुना से कहती थी, उसे जॉइंट अकाउंट से कोई असुविधा नहीं हो रही है। अलग अकाउंट क्यों खोलूँ? हमारा डिवोर्स हो रहा है क्या? या फिर शौकत मेरा 'टेक केयर' नहीं कर रहा?

"'टेक केयर' कर रहा है शौकत, लेकिन फिर भी अपने नाम का अलग अकाउंट खोल।"

"शौकत सोचेगा मैं उस पर विश्वास नहीं कर रही हूँ।"

"कोई कुछ भी सोचता रहे, तू अपना अलग अकाउंट खोल। अलग अकाउंट

खोलने से आपसी सम्बन्ध खराब नहीं हो जाता। पूरी जिन्दगी सुख, शान्ति से रह, लेकिन अकाउंट तेरा होना चाहिए।''

नूपुर ने तब भी यमुना के उपदेश को फालतू मान कर उसकी अनसुनी कर दी। अनसुनी कर दी क्योंकि शौकत ने अनसुनी करने को कहा था—''अपना तो हसबैंड नहीं है, गृहस्थी नहीं है, समाज नहीं है। हसबैंड रहने पर जॉइंट अकाउंट होना चाहिए, तुम्हारी बहन को इतना भी नहीं मालूम। मालूम कैसे होगा? तुम्हें बुरी सलाह देकर तुम्हारा दिमाग बिगाड़ रही है।''

एक समय अपना अलग अकाउंट खोला है नूपुर ने। रुपये-पैसों ने नूपुर को जो शक्ति दी है, उतना और किसी चीज ने नहीं। सम्भवतः यमुना ने भी नहीं।

जय के लिए गाड़ी खरीदी थी नूपुर ने। सुनकर यमुना ने कहा था—यह काम तूने अच्छा नहीं किया नूपुर। उसने गाड़ी माँगी नहीं, उससे पहले ही तूने गाड़ी खरीद दी है। पन्द्रह साल का लड़का गाड़ी क्यों चलाएगा?

''अभी तो सोलह का होने ही वाला है। अमेरिका में सोलह साल होने पर ही गाड़ी चला सकते हैं।''

''जय को गाड़ी की जरूरत ही क्या है, सुनूँ जरा? वह स्कूल जायेगा, कहीं और जायेगा। उसके लिए अच्छा पब्लिक ट्रांसपोर्ट है। मेट्रो है, बस है।''

''तुम नहीं जानती हो बूबू। गाड़ी की जरूरत होती है। उसके बहुत सारे दोस्त लांग आइलैंड में रहते हैं। जब वह वहाँ जाना चाहता है तो हम लोग किराये की टैक्सी में उसे वहाँ तक छोड़ आते हैं, फिर उसे लेने भी जाना पड़ता है। उसने कहा—अगर उसकी एक गाड़ी होती तो अच्छा होता।''

''हाँ, अच्छा तो होता ही। जरूर। लेकिन उम्र तो होने दे।''

''इस देश में तो हर लड़का सोलह साल का होने पर ही गाड़ी चलाता है।''

''हर लड़का चलाता है, यह मैं विश्वास नहीं करती।''

''तुम इस देश में रहती नहीं हो, तुम नहीं जानतीं। मैं इस देश में रहती हूँ।''

शौकत ने बार-बार नूपुर से कहा है सब लड़कों के पास ही गाड़ी है, लेकिन जय के पास ही नहीं है। यह बात सोचने पर ही उसे मर जाने की इच्छा होती है। शौकत के पास उतने पैसे नहीं हैं कि गाड़ी खरीदे। आखिरकार नूपुर ने खुद ही काफी महँगी गाड़ी खरीद दी जय को। यमुना का कोई भी बात नूपुर नहीं मानती।

दोस्तों के साथ बैठकर ड्रग्स लेने के बाद जय जब इसी गाड़ी में बैठकर लांग आइलैंड से लौट रहा था, गाड़ी एक खम्भे से टकरा गयी। तब जिन्दा रहने के लिए जय को कोई लड़ाई नहीं करनी पड़ी। सिर पर चोट लग कर खून बहता गया, और वहीं पर मृत्यु हो गयी। और दिनों करी तरह उस दिन भी नूपुर ने फोन से जय को

कहा था—"बेटा, रात हो गयी है, तुम दोस्त के घर ही रह जाना, सुबह लौट आना। या फिर मैं जाकर ले आऊँगी।" नहीं, वह तो रात को ही ड्राइव करेगा। रात को वह जहाँ उसकी मर्जी वहीं जाएगा।" लाइफ़ इज़ फ़न, उसने नूपुर को समझाया था—"यू गाइज़, डोंट हैव अ लाइफ़, व्हाई डोंट यू गैट अलाइफ़?" जय अक्सर ही ऐसी बातें करता था। जिस रात जय लांग आइलैंड जाता था और बहुत रात को लौटता था, नूपुर दरवाजा खोलकर बैठी रहती थी और घड़ी देखती रहती थी। जय आयेगा, वह उसे खाना देगी, उसके सोने के बाद खुद सोने जायेगी। जय जब गाड़ी चलाता रहता है, तब नूपुर कभी फोन नहीं करती। गाड़ी चलाते वक्त अगर फोन बजे और कोई नुकसान हो तो? फोन आया था उस दिन और नूपुर ने जल्दी से उठाया था, लेकिन वह फोन जय का नहीं, पुलिस का फोन था।

शौकत देखने गया था जय का दबा-पिसा लथपथ शरीर। नूपुर नहीं गयी। नूपुर वैसे ही पत्थर बनी दरवाजे के पास बैठी रही थी।

सुबह तीन सूटकेसों में कपड़े-लत्ते और अपना जरूरी सामान लेकर नूपुर निकल जाती है। शौकत के घर से उसका वह आखिरी बार निकलना था। उसने फिर पीछे मुड़कर नहीं देखा, जान-पहचान के बहुत लोग थे। पर किसी के घर न जाकर वह एक होटल में ठहरी। यही अच्छा है—सोचा था नूपुर ने किसी के घर आश्रय न माँगना पड़े, इससे बढ़कर सुख की बात और क्या हो सकती है। होटल में कमरा किराये पर लेने में कुछ रुपये खर्च जरूर होंगे, लेकिन दिन भर किसी के हजार प्रश्नों के जवाब तो नहीं देने पड़ेंगे न। वहीं से नूपुर एक किराये के मकान की तलाश करती है। किराये का घर मतलब, किसी के घर के बेसमेंट में एक कमरा। जमीन के नीचे रहना, उसे कोई असुविधा नहीं हुई थी इससे। जान-पहचान वालों की मदद मिली इतने लम्बे अर्से से अमरीका में नौकरी करके सिर्फ एक बेसमेंट का कमरा ही क्यों जुटता है किस्मत में। कारण जो भी उसने कमाया था वह सब जमा किया था जॉइंट अकाउंट में और अन्धे की तरह खर्च किया है जय पर। उसने जय को कभी यह महसूस नहीं होने दिया कि वह करोड़पति का बेटा नहीं है। गरीब देश से धनी देश की ओर बोरिया-बिस्तर बाँधे यात्रा करेंगे, धनी देश में जो सन्तान जन्मेगी वे धनी देश के धनियों की तरह ही जीवन बिताना चाहेंगी। यह खूब अच्छी तरह जानती है नूपुर। अपना इमिग्रेंट परिचय, अपनी बादामी चमड़ी, अपने काले बाल, अलग संस्कृति, अलग भाषा को ढ़ँकने के लिए एक काला पर्दा खरीदा था उसने। उस पर्दे की कीमत ही है करोड़ रुपये। जय इस काले पर्दे के पीछे छुपी चीजों को देख न पाये। महँगा सेलफोन, महँगा लैपटॉप, महँगा टी.वी., महँगे कपड़े-लत्ते, महँगे असबाब, यह सब उसने जय को भर-भर के दिया था। धन-कुबेर का बेटा जैसे जीवन बिताता है बिल्कुल वैसे ही जय को भी जीवनयापन करने दिया था। जिससे

उसके मन में कभी यह सोचकर तकलीफ न हो कि उसके माँ-बाप, रिश्तेदार गरीब देश के लोग हैं, वे लोग गोरे अमरीकी नहीं हैं। वे अमरीकी लहजे से अंग्रेजी बोलना नहीं जानते, छोटी-मोटी नौकरी करते हैं।

करीब पाँच साल होने को आये शौकत के साथ कोई सम्पर्क नहीं है नूपुर का। नूपुर एक चिट्ठी लिखकर निकल आयी थी घर से। मजमून यह था—

"मैं जा रही हूँ। अपने बेटे की मौत के लिए मैं तुम्हें जिम्मेदार मानती हूँ। तुम्हारी सलाह के मुताबिक या कहो कि आदेश के अनुसार मैंने जय को पाला था। शादी के बाद से ही तुमने मुझे अपनी मर्जी से कुछ भी नहीं करने दिया। जय नहीं रहा। अब इस दुनिया के प्रति मुझे कोई आकर्षण नहीं है। तुम्हारी सेवा मैंने बहुत साल तक की है। अब मैं अपनी सेवा करने जा रही हूँ। क्योंकि, इस घर में रहने से अपना अस्तित्व, अपनी सत्ता, अपनी बोध-बुद्धि सभी को विसर्जित कर रहना पड़ता है, है न? मेरी तलाश मत करना। मैं जहाँ भी रहूँगी ठीक ही रहूँगी। कम से कम तुम्हारे साथ गृहस्थी करते समय जो यन्त्रणा मैंने सही है वह यन्त्रणा तो अब सहनी नहीं पड़ेगी। माली हालत तो शायद थोड़ी खराब हो, लेकिन उससे क्या। शान्ति तो रहेगी। किसी की दासी बनकर तो रहना नहीं पड़ेगा।

जय नहीं है। मुझे पीछे खींचने वाला कोई नहीं। अब दिन-ब-दिन तुम्हारे साथ असहनीय दिन बिताने की कोई इच्छा मुझमें नहीं है। अब मैं अपनी इच्छा की कद्र करूँगी। सारी जिन्दगी तो कद्र नहीं की। बाकी बची हुई जिन्दगी अपने तरीके से जीऊँगी।

जय की डैडबॉडी को लेकर क्या करोगे, इस बारे में मुझमें कोई उत्साह नहीं है। उसका मृत चेहरा मैं देखना नहीं चाहती। उसे देश में दफनाओगे या यहाँ, यह पूरी तरह से तुम्हारा फैसला होगा। तुम्हारे ही फैसलों से आजतक यह परिवार-बच्चे चले हैं। जय की जिन्दगी कैसी होनी चाहिए इस बात को लेकर उसके जन्म से ही मेरी राय की कोई कद्र न थी। उसकी मृत्यु के बाद भी मेरी राय की अहमियत नहीं है। यह बात मुझे मालूम थी, इसीलिए मैंने घर छोड़ा। मेरी कमी तुम महसूस करोगे, ऐसा नहीं है। पर फिर भी अगर मेरी कमी महसूस करो तो कुछ दूसरी वजहों से जैसे तुम्हारे लिए खरीदारी करना, खाना पकाना, स्वादिष्ट खाना परोसना, तुम्हारा घर-द्वार साफ-सुथरा रखना, बिस्तर समेटकर रखना, कपड़े धोकर इस्त्री करके रखना, जब तुम्हारी जरूरत हो तुम्हारे साथ होना। इन सबकी कमी तुम महसूस करोगे। इसके लिए कोई भी नौकर रख सकते हो, हालाँकि इसमें तुम्हारा बहुत सा खर्च हो जायेगा। लेकिन शादी कर लेने से और कोई समस्या ही नहीं है। बीवी के कमाये पैसे भी तुम इस्तेमाल कर सकते हो, उससे नौकर-चाकर की तरह काम करवा सकोगे। मुझे सोचते हुए भी शर्म आती है कि जिस व्यक्ति ने किसी अन्याय के

सामने सिर नहीं झुकाया पुरुषों की किसी बात की परवाह नहीं की, अपने तरीके से जीने के लिए जिन्दगी भर संग्राम करती रही, उसकी बहन हूँ—मैं। सच कह रही हूँ मैं अपनी यमुना बूबू की बहन हूँ, यह सोचने में भी शर्म आती है। मैंने अपनी बूबू से कितनी नफरत की है, उसके साथ कितना खराब बर्ताव किया है, यहाँ तक कि अपनी बहन को इस विदेश की परायी धरती में घर से निकाल तक दिया है, तुम्हारी वजह से ही। तुमने दिनों दिन मेरी बहन के विरुद्ध बातें कर-करके मेरा दिमाग ही खराब कर दिया था। पहले तो मैं ऐसी नहीं थी। तुम्हीं ने मुझे अपने प्यारी बहन से मिलने-जुलने को मना किया था, तभी मैंने उससे मिलना-जुलना बन्द कर दिया था। जो बूबू मेरी माँ, मेरी सहेली, मेरी बहन, आत्मीय के नाम पर सिर्फ एक ही है—उसी के साथ आज मेरा कोई सम्पर्क नहीं है। मैंने ही नहीं रखा। बूबू का कहना अगर मैंने माना होता तो आज जय को मरना न पड़ता। बूबू की बात मानी होती तो उसे घसीट कर ही 'रिहैब' भर्ती करा आती। बूबू ने कितने अपमान सहकर भी जय को बचा लेने की कोशिश की थी। सिर्फ तुम्हारा ही दोष नहीं, दोष मेरा भी है। तुमने मेरी सोचने-समझने की शक्ति को नष्ट करने की कोशिश की थी। लेकिन बूबू ने मेरी सोच-समझ को जगाने की कोशिश नहीं की। तुम्हारी बात मैंने मानी। बूबू की बात क्यों नहीं मानी? दोष मेरा भी बहुत है।

मनुष्य में सही-समझ आती है, किसी में पहले, किसी में बाद में, समझ भी आयी—बाद में ही सही। पर मुझे शान्ति मिल रही है यह सोचकर कि—चलो आयी तो, देर से ही सही। बाकी की जिन्दगी वह चाहे जितने दिन भी जिऊँ और चाहे जिसकी भी जरूरत हो, मुझे—तुम्हारी जरूरत नहीं होगी। मेरी तलाश मत करना। मेरी खोज-तलाश मत करना।''

आज भी वे दिन नूपुर की आँखों के आगे तैरते से हैं। जय को नूपुर दोष नहीं देती, जय की परिणति के लिए वह शौकत और अपने को कसूरवार ठहराती है। यमुना ने जब 'रिहैब' की बात कही थी, नूपुर ने इस विषय पर शौकत से बातचीत की थी—लगता है 'रिहैब' में डालना चाहिए जय को।

शौकत ने आँखें सिकोड़ कर पूछा था—क्यों? बूबू कह रही थी जय शायद ड्रग्स लेता है।

शौकत ने दाँत पीसते हुए कहा था—''तुम्हारी बहन ड्रग्स लेती है। मेरा बेटा नहीं लेता। तुम्हारी बहन का चरित्र क्या है, यह सब जानते हैं। जाने कितने लोगों के साथ सोयी है। और वही—इतना साहस है उसमें कि मेरे बेटे की निन्दा कर रही है। (मेरे बेटे को बदनाम कर रही है) दरअसल, वह सिर्फ तुम्हारी बहन है इसीलिए मैंने उसे इस घर में घुसने के लिए अलाऊ किया है, नहीं तो उसकी औकात थी मेरे घर में घुसने की?''

“मेरे लिए आयी थी, मैं न होती तो आती क्या?”

“मैं नहीं चाहता कि वह मेरे घर आये, या यहाँ रहे। एक दिन भी, एक घंटे के लिए भी रहे, मैं नहीं चाहता। तुम न रहतीं तो उस दुश्चरित्र महिला को गर्दन पकड़कर धकिया कर बाहर कर देता। एक हरामी बच्ची को रखा है, और एक आदमी, जिसके साथ सोयी है उसी का खून किया है, देश में होती तो इसको फाँसी हो जाती, नहीं तो सारी जिन्दगी जेल की रोटी तोड़ती। आज ये अमरीका में घूमने आती है। छीः पता नहीं इसका मुँह तुम कैसे देखती हो। जरा खोज खबर लेकर देखो अमरीका में किसके पैसे से आयी है। कौन ले आते हैं इसे यहाँ, किसलिए लाते हैं, पता लगाओ। मेरे बेटे के आसपास भी न फटके यह महिला। अपना कोई बेटा नहीं है न इसीलिए जलती है तुमसे। तुम्हारी बहन है सिर्फ इसीलिए नहीं तो...”

शौकत दाँत पीसते हुए इधर-उधर हाथ हिलाता रहता है। उसे दरअसल यमुना को फाड़ देने का मन कर रहा है।

“जो ऐसी (फाहिशा) दुश्चरित्र बहन को सपोर्ट करती है, उसका चरित्र खराब है।”

शौकत ऊँची आवाज में कहता है, जिससे यमुना दूसरे कमरे से सुन पाये। नूपुर के हाथ-पैर काँपने लगते हैं। इतने सालों से सुन रही है एक ही बातें, फिर भी कँपकँपी नहीं जाती। नूपुर और भी ज्यादा, कुंठित हो सिकुड़ सी जाती है। ये बातें नूपुर पर वैसा ही असर डालती हैं जैसे केंचुए पर नमक। और यह बात शौकत को खूब अच्छी तरह मालूम है। नूपुर को धीरे-धीरे यमुना पर गुस्सा आता रहता है, लेकिन शौकत की दी हुई गाली-गलौज यमुना के कानों तक न पहुँचे, यह भी चाहती है वह।

जय के ड्रग लेने के बारे में शायद नूपुर अनजान थी, लेकिन उसे लगता है शौकत अनजान नहीं था। शौकत को मालूम था कि कहीं पर कोई गलती हो रही है। लेकिन फिर भी उसने इस गलती को ही सही समझा। अमीरों के बेटे अगर ड्रग ले सकते हैं तो जय क्यों नहीं ले सकता? जय तो सड़क के फकीरों के साथ या गरीब ‘इमिग्रेंट्स’ के साथ बैठ कर ड्रग नहीं ले रहा। जय तो रीति-निभाता लांग आइलैंड के गोरे, धनी दोस्तों के साथ कदम मिलाकर चल रहा है। यह न खाता तो शायद स्टेटस रखना ही मुश्किल हो जाता।

नूपुर को जानने की बिल्कुल इच्छा नहीं हो रही कि शौकत कितना अनुतप्त है (शौकत को कितना मलाल है) जय की मौत ने नूपुर को जैसे जगा दिया है। यमुना और नूपुर में यह फर्क है कि यमुना सन्तान की मौत से पहले सचेत हो गयी और नूपुर बाद में सचेत हुई। नः अब और दुखी होने से कोई लाभ नहीं। जय उसके अकेले की सन्तान तो नहीं था। दोनों का ही खून बह रहा था उसके शरीर में।

जय बचपन से जलनखोर, यह चाहिए वह चाहिए की रट लगाने वाला, किसी को अपने बिस्तर में बैठने नहीं देगा, अपने कमरे में किसी को घुसने नहीं देगा, किसी के साथ हँसकर बात नहीं करेगा। यह सब शौकत के खून का असर है। अगर नूपुर का जरा सा भी खून होता उसमें तो फिर नूपुर की तरह खुशमिजाज क्यों नहीं हुआ जय? नूपुर को इस प्रश्न का कोई उत्तर नहीं मिलता। तब तो लगता है 'जीन' वगैरह की कोई बात नहीं है। अपने बच्चे को किस परिवेश में बड़ा करते हो, उसी पर बहुत कुछ निर्भर करता है। राजकुमारों की तरह बर्ताव था जय का। ढेरों खाने का ऑर्डर देता था—उसे सब कुछ चाहिए। दौड़कर खरीद लाये थे वे सब पकवान। ढेरों पैसे खर्च हो जाते थे, जय ने किसी दिन खर्चे की ओर मुड़कर नहीं देखा। दो साल की उम्र से ही जय ने घर में पका खाना नहीं खाया। घर के खाने को कहता था 'डिसगस्टिंग'। मछली-भात—यह तो गरीबों का खाना है। कहाँ से ऐसी बातें और ऐसा बर्ताव सीखता था जय—नूपुर को नहीं पता।

नूपुर कहती थी, ''घर का खाना अच्छा होता है, अच्छा खाना खाओ।'' शौकत नूपुर को झिड़क कर कहता था, ''जो खाना मेरा बेटा खाना चाहता है वह खाना, जहाँ से हो सके, चाहे जितना महँगा हो, खरीदकर खिलाऊँगा अपने बेटे को।''

इसके बाद से ही ढेरों खाने का ऑर्डर देने की आदत पड़ गयी थी। शौकत जय के दरवाजे के सामने उसके हुक्म के इन्तजार में खड़ा रहता था। दिन-ब-दिन यह सब देखते-देखते नूपुर भी अनजाने में उनका साथ देने लगी थी। उसे डर लगता था, जय नूपुर को पास नहीं बुलाता था, शौकत को बुलाता था, शौकत को पसन्द करता था। इसके बाद से ही नूपुर भी जय का ऑर्डर मानने लगी थी। छोटी उम्र से ही जय ने यह ठान लिया था कि वह क्या खायेगा, क्या पहनेगा, क्या पढ़ेगा, कब सोयेगा कब जागेगा, उसे क्या-क्या चाहिए, क्या-क्या नहीं चाहिए। नूपुर भी घंटों खड़ी रहती थी जय का ध्यान खींचने के लिए। लगता था काश जय नूपुर को भी प्यार करे, उसकी अवहेलना न करे। उससे झिड़क कर बात न करे, उससे नफरत न करे। इसके बाद से शौकत और नूपुर के बीच एक तरह से होड़-सी लग गयी। कौन जय को अपनी तरफ खींचेगा, किसको जय स्वीकार करेगा—शौकत को या नूपुर को। क्या भयंकर होड़ और प्रतिद्वन्द्विता शुरू हो गयी। जय अगर अपने कमरे से आवाज लगाता तो नूपुर और शौकत दोनों गिरते-पड़ते उसके पास दौड़े चले जाते। क्या चाहिए बेटे? क्या खाओगे बेटे? कुछ चाहिए क्या?

फ्लैट के दो बड़े-बड़े कमरे जय के थे। एक जय का सोने का कमरा—सोने के कमरे में पलँग, प्लाज़मा टी.वी., होम थियेटर, प्रोजेक्टर वगैरह—और भी जाने क्या-क्या। एक और कमरा—लिखने-पढ़ने और खेल वगैरह का कमरा ड्राइंगरूम में चिकनी कैम्पखाट लगाकर शौकत सोता था और नूपुर सब्जी, अदरक, लहसुन,

चावल, दाल, काग-पत्तर, कपड़े वगैरह रखने के छह बाई छह के स्टोर रूम में बिस्तर बिछाकर सोती थी। सोयी ही कितने दिन है नूपुर। पूरी रात कान खड़े किये रहती, कि कहीं जय को कुछ जरूरत न पड़ जाये। शौकत और नूपुर को अपने बेटे को मनुष्य बनाने का मौका नहीं मिला। इसके उलटे उनके बेटे ने अपने माँ-बाप को अमानुष बनाने का मौका हाथ से न जाने दिया। इसके अलावा इसे और क्या कह सकते हैं?

नूपुर सोचती थी, जय में पूरी तरह से शौकत का ही खून है। इसी वजह से शायद उसकी मानसिकता इतनी उद्‍भट, अजीबगरीब है। अपने स्वार्थ के अलावा और कुछ समझना ही नहीं चाहता। कोई सहानुभूति, साथवालों के लिए सोचना, यह सब नहीं है, मानवीयता रत्तीभर नहीं है उसमें। यमुना को बताया था नूपुर ने। यमुना ने कहा था—अगर जीन या खून ही सब कुछ होता तो तपु पाशा की तरह पत्थर दिल होती। किस परिवेश में बड़ा हो रहा है, क्या सीख रहा है, क्या देख रहा है, वह भी तो देखना पड़ेगा। बच्चों पर परिवेश-माहौल का प्रभाव बहुत ज्यादा होता है। तुम लोग कहीं पर गलती कर रहे हो। बच्चे को जन्म देना आसान है, उसकी परवरिश करना मुश्किल है। उसे रिएलिटी से दूर हटाकर रख रहे हो—ऐसा लग रहा है। तुम लोगों ने उसे एक 'अनरियल वर्ल्ड' दिया है, एक 'इल्यूज़न' जो ठीक नहीं है। समस्याओं को लेकर बात करने पर यमुना कहती थी—तू गलती कर रही है, जो तू कर रही है ठीक नहीं है। यमुना की ये आलोचना-भरी बातें नूपुर को तीर की तरह छेदती थीं। यमुना का उपदेश मानना उसके लिए सम्भव न था, यमुना कहती थी—''जय अगर बाहर का खाना माँगे तो कहना—'वह सब नहीं होगा भैया, घर का खाना खाना पड़ेगा।' तुम लोग जब खाना खाने बैठोगे तो तभी उसे आवाज लगाना खाने के लिए। वह कभी तुम लोगों के साथ बैठकर खाना नहीं खाता, क्योंकि तुम लोगों ने उसकी आदत नहीं डलवायी। पर अभी समय चला तो नहीं गया न। अभी भी समय है आदत डलवाने का। अगर वह कहे कि मैं नहीं खाऊँगा तो कहना—ठीक है तो जाओ, सो जाओ जाकर।''

''बिना खाये सोने चला जाये?''

''हाँ, बिना खाये ही। एक रात न खाने से कोई मर नहीं जाता। भूख लगेगी तो खुद खायेगा। हाथ के पास जो भी मिलेगा वही खायेगा। तब यह नहीं कहेगा मैं फ्रेंच खाना खाऊँगा, इटालियन खाऊँगा, मेरे लिए पिज़्ज़ा ले आओ, आइसक्रीम ले आओ, चॉकलेट ले आओ। बाहर का खाना खाकर सेहत भी खराब हो रही है। घर का स्वास्थ्यवर्धक खाना खाना अच्छा है—ये तो तुम लोग भी जानते हो।''

नूपुर शायद यमुना की दी हुई सलाह को मानकर चलती, लेकिन शौकत ने नहीं माना—मेरा बेटा जो भी खाना चाहता है, वह मैं उसे खिलाऊँगा। अगर इसके

लिए मुझे भूखा रहना पड़े तो रहूँगा। शौकत जय को सुना-सुनाकर कहता। जिससे जय उसे एक बार के लिए पापा कहकर पुकारे और जय उसे पिता की स्वीकृति दे। जय अपने पिता और अपनी माँ को 'हेइ यू, रिटार्ड' वगैरह कहकर बुलाता है। नूपुर की भी बड़ी इच्छा है कि जय उसे 'माँ' कहकर पुकारे। अक्ल आने के बाद से उसने उसे ऐसे नहीं पुकारा। यमुना ने सुनकर कहा—''अक्ल आने पर मत कह, कह बेअक्ल होने पर।''

नूपुर ने यमुना की कब्र के सामने चार गार्डन कुर्सियाँ रख दी हैं। दुली गार्डन में ही चाय देकर जाती है। एक कुर्सी पर टाँगें रखकर दूसरी पर टेक लगाये बैठी रहती है नूपुर। पास के फ्लास्क में चाय है। चाय खत्म होने पर दुली फिर से फ्लास्क में चाय भर देती है। नूपुर बीती बातों के बारे में ही सोचती रहती है और कलकत्ते वाले घर में जो किताबें पलँग के पास रखी हुई थीं, वे किताबें वह ले आयी है। उन्हीं किताबों को पढ़ती रहती है। यमुना की पढ़ी हुई या नहीं पढ़ी हुई किताबें। शायद जिन्दा रहती तो पढ़ती। लग रहा है जैसे नूपुर यमुना के लिए पढ़ रही है। कुछ किताब और तस्वीरों के अलावा कलकत्ते वाले घर से वह और कुछ भी नहीं लायी है। जैसा था घर ठीक वैसा ही है। बैठे रहना और किताबें पढ़ना। इसके अलावा उसके पास काम ही क्या है? उम्र पचास हो गयी। यमुना की पचपन हुई थी। कब्र के 'एपिटैफ़' में जन्म, मृत्यु तारीख, साल कुछ भी नहीं लिखा नूपुर ने। जान-बूझकर नहीं लिखा।

नूपुर की देह को ब्रह्मपुत्र की बयार छू रही है। जो पौधे यमुना की कब्र के चारों तरफ लगाये गये हैं, उनके पत्ते हवा से हिल रहे हैं, वे सारे पेड़ यमुना के प्रिय हैं। हरसिंगार, गन्धराज, काठचम्पा, जूही, कामिनी, रात की रानी। देखते-देखते बड़े हो जायेंगे। फूल खिलेंगे, चारों तरफ बहुत सुहाना दृश्य हो जायेगा, टप-टप कर फूल, पत्ते झरेंगे पत्थरों पर, घास पर। चारों तरफ फूलों की खुशबू फैल जायेगी। ब्रह्मपुत्र की हवा भी इस सुगन्ध से भरपूर सब जगह उड़ती फिरेगी।

जो लोग भी नूपुर से मिलने आये, नाते-रिश्तेदार, जान-पहचान वाले सभी ने नूपुर के इस काम को जरूरत से ज्यादा बड़ा-चढ़ा के किया हुआ काम बताया। नूपुर ने सुनकर एक ही-सी उदास हँसी हँस दी थी। 'यमुना कॉफिन में लेटी हुई है' सुनकर कोई-कोई बोला था—यमुना ईसाई बन गयी थी। सच पूछो तो इन सब बातों से नूपुर को कोई फर्क नहीं पड़ता। जब्बार चाचा ने आकर कहा—''यमुना तो अमरीका में रहती थी नहीं? इतनी दूर डैडबॉडी लाने की क्या जरूरत थी? वहीं पर दफना सकती थी। अमरीका में तो मुसलमानों की कब्रगाह है, नहीं? या कि वे लोग ईसाइयों के साथ ही कब्र देते हैं।''

नूपुर 'हाँ' और 'नहीं' कहती हुई दोनों तरह से सिर हिलाती है। जब्बार चाचा

के साथ बैठकर देरे तक बातें करने का उसका बिल्कुल दिल नहीं करता। सुलेखा आयी थी। वही एक ही बात—यमुना गुजर गयी है तो इतने आँसू क्यों बहा रही हो? अरे इसके बाद तो तुमको भी जाना है, मुझे भी। हम लोगों को तो अपने बारे में सोचने का समय ही नहीं मिलता। सिर्फ दूसरों की बातें सोच-सोचकर ही जिन्दगी गुजारते हैं।

"तो इसमें नुकसान ही क्या है?"

सुलेखा ने आँखें सिकोड़कर चारों तरफ देख लिया। फिर नूपुर के कान के पास मुँह लाकर फुसफुसाकर बोली—"सुना है तुमने मुसलमान रीति-रिवाजों के अनुसार नहीं दफनाया। कब्रगाह में दफनाती तो फरिश्ते आते, यहाँ तो फरिश्ते नहीं आयेंगे।"

"इस ब्रह्मपुत्र के तट पर फरिश्ते नहीं आयेंगे। फरिश्ते आते हैं कब्रगाह में।" यह बात नूपुर आज पहली बार नहीं अकसर रोज ही सुनती है। जिसका पिता नहीं, माँ नहीं, जिसे प्यार करती थी वह बहन नहीं है, इतना दुलारा बेटा नहीं है, लोग क्या कहेंगे, इस बात की परवाह किये बिना जिसने अपनी गृहस्थी भी तज दी है, उस पर अब इस छोटे शहर के छोटे मन के छोटे-छोटे लोगों की बातों का कोई असर नहीं पड़ता। इस शहर में चाहे वह जो भी करने आयी हो, लेकिन इन लोगों के साथ तथाकथित सामाजिक जीवन बिताने नहीं आयी है। बल्कि उसे तो दुली को पास बैठाकर बातें करने में ज्यादा आनन्द आता है।

यमुना जहाँ लेटी हुई है उसकी बगल में ही बैठे रहना, वहाँ से ब्रह्मपुत्र को नजर गड़ाये देखते रहना, यह रोज का नियम है। उस नदी में ही यमुना और नूपुर का बचपन और किशोरावस्था गुजरी है, उस पानी में, उस हवा में, उस नदी-किनारे और द्वीप में। स्कूल से लौटते वक्त हर शाम ही खेलने की शाम हुआ करती थी। ब्रह्मपुत्र का वह किनारा, वह हवा, वे कास के फूल, वह टापू, वह नाव, स्मृतियों के उन झुरमुटों में खोयी यमुना को पास लेकर बैठी रहती है नूपुर। साँझ उतरने पर ही घर जाती है।

दुली के साथ बातें करके दिन का बहुत सारा समय कट जाता है। नूपुर फूली की बातें खोद-खोद कर जानना चाहती है। फूलपुर के किसी गाँव में नाती, नतिनियों के साथ फूली रहती है। पति गुजर गये। यमुना के ढाका वाले फ्लैट से भागकर फूली कहाँ गयी थी? कितनी बार यह प्रश्न पूछने पर भी जवाब नहीं मिला। दुली को यह सब कुछ याद नहीं है। दुली छोटी थी। दुली की माँ दुली को लेकर इस घर में काम करती थी। दुली छोटे-मोटे काम कर देती थी। वही छोटी-सी दुली अब बड़ी होती-होती बहुत बड़ी हो गयी है। तलाक भी हो गया है। पति ने दोबारा शादी कर ली। दुली और उसकी बेटी को खाने-पहनने को कुछ नहीं देता। नूपुर ने आकर दुली और फूली की खोज-खबर ली, दुली मिल गयी। नदी के उस पार के

शम्भुगंज से उसे ले आयी अपने यहाँ। गरीबी से तकलीफ में थी, अपने किसी दूर के रिश्तेदार के यहाँ रहती थी। अब अपनी बेटी को लेकर इस घर में ही रहती है। घर को सजा-सँवार कर रखती है, खाना पकाकर नूपुर को खिलाती है। इस घर में बहुत से कमरे हैं, कमरों में यादों के झुंड ढेर सारे। बीच-बीच में नूपुर को लगता है जैसे पास के कमरे में माँ लेटी हुई हैं, लगता है बाबा आये, लगता है यमुना दौड़ती आयेगी और कहेगी—चल नदी किनारे चल, ढेरों कास के फूल खिले हैं। नंगे पैर चल पड़ी हैं दोनों। नदी के किनारे बादाम के पेड़ों के बीच में से मीलों पैदल चलती रहीं दोनों बादाम खाते हुए। रेत के घरौंदे बनाती रहीं, फिर साँझ फिरने से पहले दौड़ती हुई वापस आयीं और स्कूल की किताब पढ़ने बैठ गयीं। नूपुर पढ़ रही है इतिहास की किताब, यमुना पढ़ रही है विज्ञान की किताब।

यमुना की देह को घर में दफनाने के पीछे कोई तर्क नहीं है—यह नूपुर को पता है, लेकिन प्यार, स्नेह है। हर समय तर्क बुद्धि अच्छी नहीं लगती नूपुर को। बीचमें, बिना युक्ति के अर्थहीन बहुत कुछ करने को दिल चाहता है। इतने समय से अपनी इच्छा को कोई महत्त्व, मूल्य नहीं दिया, और जब यह सोचा कि मूल्य देगी, स्वस्थ, सुन्दर इच्छाएँ भलेमानस की तरह पास आकर खड़ी होंगी—ऐसा सोचा था, पर नहीं, इच्छाएँ आ धमकीं यायावरों की तरह, सर पर बिखरे-बिखरे बाल। ये तो नयी इच्छाएँ हैं नूपुर की। इच्छाओं की चर्चा तो नहीं हुई कि इच्छाओं को भद्रलोक की तरह दिखना होगा। जीवन में जिन इच्छाओं को वह पूरा नहीं कर पायी, वे इच्छाएँ अब पकड़ के दायरे में नहीं हैं कि उन्हें पूरी करें। जय को पाल-पोसकर मनुष्य बनाने की इच्छा एक समय कितनी तीव्र थी, वे इच्छाएँ अब मर चुकी हैं। जय जब दिन पर दिन लगातार बिगड़ता जा रहा था, उस हालत से उसे उठाकर लाना अब सम्भव नहीं है। अब वह जय को कभी 'रिहैब' में भेज नहीं पायेगी। जो होना था सो हो गया। जिस समय को गुज़रना था, वह गुज़र गया। अब, इस समय की इच्छाएँ बिल्कुल अलग हैं।

नूपुर बाहर जाती है, ब्रह्मपुत्र के किनारे चहलकदमी करती है। बहुत से पुराने लोग बीच-बीच में ठिठक कर रुक जाते हैं, "तुम नूपुर हो न? तुम बैरिस्टर साहब की छोटी बेटी हो न?"

नूपुर हँसकर हामी में सिर हिलाती है। "तुम अमरीका में रहती थीं न?" कोई-कोई पूछता है। नूपुर सिर हिलाकर कहती है, "हाँ रहती थी। अब देश लौट आयी हूँ। बहुत हो लिया विदेश में रहना और कब तक?"

"तुम्हारे बच्चे?"

"था, एक बेटा था, नहीं है।"

"नहीं है?"

“न, नहीं है।” नूपुर लम्बी साँस नहीं लेती बल्कि कहती है, “बूबू की मतलब मेरी बड़ी बहन की बेटी तो हार्वर्ड में पढ़ रही है। बहुत बड़ी यूनिवर्सिटी है। नाम सुना है न आपने? आयेगी, इसी साल आयेगी। मेरे साथ कुछेक दिन गुजारने आयेगी”, नूपुर कहती है। उसकी आँखों में आँसू झिलमिलाते हैं। वह सबसे तपु की बात करती है, तपु बहुत नामी यूनिवर्सिटी में पढ़ती है इसलिए? नूपुर खुद से पूछती है तपु अगर मयमनसिंह के मिंटो कॉलेज में पढ़ती तो क्या नूपुर को तपु के लिए इतनी गर्व की भावना होती? इतना तो नूपुर को समझ में आता ही है कि उस लड़की को सही परवरिश मिली है। तपु लोगों की बात सोचती है–‘सही मायने में परवरिश तो इसी को कहते हैं। सही परवरिश हुई है तभी तो उसने निर्मला के बारे में सोचा। जैसे तो वह इसी घर में बड़ी हुई हो, इसीलिए ही अपने पैसे से टिकट लेकर दौड़ती हुई चली आयी नूपुर से मिलने। सही परवरिश हुई है तभी तो नूपुर की इच्छा को सम्मान दिया, ज़रा सी भी टीका-टिप्पणी नहीं की ‘आत्मा’ पर विश्वास करने के लिए। नूपुर को ‘आत्मा’ में विश्वास नहीं है। यादों की तड़प ही उसको ब्रह्मपुत्र के किनारे खींच लायी है यमुना को चिर निद्रा में सुलाने के लिए। जिन्दा रहने के लिए अपने पास कुछ तो होना ही चाहिए। हाँ, वह किताबें पढ़ेगी, गाना सुनेगी, कभी जी किया तो अच्छे पड़ोसियों से बतियायेगी, लेकिन इतने सब से ही तो दिन नहीं गुजरेंगे। यमुना रहेगी यहाँ।

घर में उसने इंटरनैट लिया है, अपना लैपटॉप चालू किया है, तपु के साथ अकसर ही नैट पर बातें होती हैं। आजकल फोन नहीं होते, स्काइप में थोड़ी-बहुत बातें होती हैं। तपु थकी-माँदी घर लौटती है। सोने से पहले कभी थोड़ी देर के लिए बताती है कि आज यूनिवर्सिटी में क्या-क्या हुआ। आज रिचर्ड डॉकिन्स ने भाषण दिया, बहुत अच्छा बोले; क्या भीड़ उमड़ी थी उनकी स्पीच सुनने के लिए, गजब का बोले। माँ को बहुत अच्छा लगता। तपु को बिना पलक झपके देखती रहती है नूपुर। देखते-देखते लम्बी साँस लेती है। तेरी माँ रहती तो तुझे देखने भागी-भागी हार्वर्ड जरूर जाती।

ना जी, नहीं आयी वह। पिछले तीन-चार साल से कहीं नहीं निकलती थी। ‘सिस्टरहुड’ में ही व्यस्त रहती थी। नहीं आयी। उससे क्या? आई ऐम सो प्राउड ऑफ माई मदर।

नूपुर का सीना चीरती एक लम्बी साँस निकल जाती है। पूरी दुनिया एक तरफ थी और दूसरी तरफ था जय। नूपुर जय को लेकर ही दिन-रात व्यस्त रहती थी। जय क्या खायेगा, क्या पहनेगा, क्या होगा जो जय को अच्छा लगेगा, क्या पाकर जय खुश होगा। किसी दिन भी जय ने उसे ठीक से ‘माँ’ कहकर नहीं पुकारा। किसी दिन नहीं कहा–“आई ऐम सो प्राउड ऑफ माई मदर।” सब को सबकुछ नहीं मिलता।

नूपुर को नहीं मिला। यमुना ने तपु को विपत्ति से बचाया जरूर था, लेकिन रात-दिन तपु के खाने-पीने को लेकर सिर नहीं खपाया। बल्कि बहुत कुछ सिखाया। सही मायने में बड़े होने के लिए सिर्फ अच्छा खाना-पीना, अच्छे-अच्छे कपड़े पहनना और महँगी-महँगी चीजें खरीद देना ही सब कुछ नहीं है। सिखानी पड़ती है, ईमानदारी, आदर्श; दिखाना पड़ता है पूरा जगत-संसार; समझानी पड़ती है मानवता।

तपु के लिए रोज प्रतीक्षा करती है नूपुर। तपु के साथ बातें या तो सुबह होती हैं, नहीं तो रात को। वहाँ दिन है तो यहाँ रात, यहाँ दिन है तो वहाँ रात। नूपुर के दिन और रात सब गड्ड-मड्ड हो जाते हैं। दो मिनट भी बातें हो जायें तो नूपुर का जी ठंडा हो जाता है। यमुना की मृत्यु ही जैसे दोनों को एक-दूसरे के करीब खींच लायी है। तपु के साथ नूपुर का एक नया मेल-मिलाप—पतिहीन, सन्तानहीन, स्वाधीन जीवन में तपु को बाँहों में भर लेना। सब की आँखों की ओट में एक ऐसा जीवन जिसमें सिर्फ तपु ही तपु हो।

उधर तपु नूपुर को सब बताती है, ठीक वैसे ही जैसे यमुना को रोज क्या-क्या घट रहा है उसका वर्णन किया करती थी। यमुना के गुजर जाने के बाद डायरी में लिख रखती थी जो-जो वह यमुना को कहना चाहती थी—सब। अब और नहीं लिखती। क्योंकि अब नूपुर को ही बताना पड़ता है, इसलिए नूपुर को ही बताती है। यमुना की जगह अनजाने में ही नूपुर ने दखल कर ली है। तपु को मालूम पड़ता है—धीरे-धीरे मालूम पड़ता है। 'क' तुम्हारा रिश्तेदार है इसलिए 'क' से प्यार करना है। इस तरह से किसी को प्यार नहीं किया जा सकता। प्यार को तो अपने अन्दर महसूस किया जाता है।

इसी बीच एक दिन निर्मला के हाथ की लिखी चिट्ठी आती है।

''प्रिय नूपुर,

प्रिय तपु,

तुम दोनों को एक साथ ही लिख रही हूँ। तुम दोनों ही इस घर में रहकर गयी हो कुछ दिन, लेकिन मैंने तुम्हें नहीं बताया। बहुत बार सोचा कि बताऊँगी, पर दुविधा में रही। यमुना ने कहा था—तुम लोगों को यह बात न बताऊँ। यमुना ने मरने के बाद मेडिकल में देहदान के लिए कहा था, उसकी वह इच्छा जब पूरी नहीं की गयी तो फिर 'किसी को न बताने' की इच्छा भी क्यों पूरी की जाये? उसने मुझे तुम लोगों को 'बात न बताने' के लिए कहा था। बहुत दिन मैंने वह बात बतायी भी नहीं, पर अब न बताने की कोई वजह नहीं दिखाई देती। कारण, उसकी इच्छा को, चाहे किसी भी कारण से हो, हम कोई मूल्य नहीं दे रहे। इसका मतलब यह नहीं कि हम उससे प्यार नहीं करते। शायद प्यार करते हैं इसी से कोई मूल्य नहीं दे रहे। क्यों सच को छुपाया जाय? अब मुझे यह लग रहा है कि तुम लोगों को

सच जानने का अधिकार है। तुम्हें यह पता है कि यमुना को हार्ट अटैक हुआ था। यमुना के गिनती के कुछ दोस्तों के अलावा सबको यही पता है। लेकिन यमुना को हार्ट अटैक नहीं हुआ था। यमुना की किडनी फेल हो गयी थी। बहुत दिनों से यमुना डायबिटीज से पीड़ित थी। डॉक्टर ने इनसुलिन लेने को कहा था लेकिन इनसुलिन नहीं लेती थी यमुना। 'धीरे-धीरे' कुछ समय के बाद किडनी खराब होने लगी। धीरे-धीरे कहना शायद ठीक न होगा, बहुत जल्दी ही दोनों किडनियाँ नष्ट हो गयीं। डॉक्टर ने फिर कहा—जल्दी ही डायलिसिस कराने के लिए। मैं डायलिसिस के लिए दिन, तारीख सब तय करके आयी। पर यमुना नहीं जायेगी। डॉक्टर ने बार-बार कहा—डायलिसिस न किया गया तो यमुना नहीं बचेगी। यमुना ने सुन लिया, समझ लिया लेकिन फैसला कर लिया कि डायलिसिस नहीं कराना है। मैं किसी तरह भी उसे राजी न करा सकी। तुम लोग यह कह सकती हो कि यमुना ने आत्महत्या की है। हाँ, ऐसा ही किया है उसने, ठंडे दिमाग से किया है। क्यों किया है, यह मुझे नहीं मालूम।

अगर तुम पूछो कि क्या यमुना को डिप्रेशन की तकलीफ थी? तो यही कहूँगी बहुत सालों से मैं यमुना को देख रही हूँ। किसी दिन भी उसे किसी डिप्रेशन में नहीं देखा।

क्या वह किसी वजह से हताश थी? मैंने नहीं देखा। यह मैं जोर देकर कह सकती हूँ कि वह डिप्रेशन में नहीं थी। वह बहुत प्राणवन्त, उच्छल, उज्ज्वल और जीवन्त थी। मन खराब करके कहीं बैठे रहना, महीनों किसी बात पर दुश्चिन्ता करना—यह चरित्र यमुना का नहीं।

केरल से वापस आकर सोलर पावर की उस नौकरी के साथ-साथ 'सिस्टरहुड' के संगठन को बनाने में व्यस्त रहती थी। 'सिस्टरहुड' संस्था को तो अपने पैरों पर खड़ा करके गयी। आज इस संगठन के पाँच हजार सदस्य हैं। राज्य के कितने नारी संगठन ऐसे हैं जो इतने कम समय में इस तरह अपने पैरों पर खड़े हो सकते हैं? मेरे ऊपर अब इसकी जिम्मेदारी है। पता नहीं कितनी जिम्मेदारी पूरी कर पाऊँगी। पर जी जान से कोशिश जरूर करूँगी। फंड है, असुविधा कोई नहीं। यमुना ने देश-विदेश से 'सिस्टरहुड' के लिए जितना फंड इकट्ठा किया है उससे संगठन आराम से चलेगा। मैं न भी कर पायी, और भी कई योग्य व्यक्ति हैं इसे चलाने को। सिर्फ मैंने ही नहीं, 'सिस्टरहुड' की दो-तीन लेडी डॉक्टरों ने उसे दिन-रात समझाया, डायलिसिस के लिए राजी कराना चाहा, पर यमुना राजी नहीं हुई। कहा—धत्तेरी, एक दिन छोड़कर, एक दिन खून बदलवा कर जीना पड़ेगा, यह मेरे बस की बात नहीं है। यह मुझे बर्दाश्त नहीं। कभी-कभी मुझे लगता है कितने हजार साल से जी रही हूँ। अपने तरीके से जीती रही, अब अपने तरीके से मरना भी चाहती हूँ।

अगर तुम लोग यमुना से अनुरोध करते डायलिसिस कराने के लिए, पता नहीं काम बनता या नहीं? मेरे कहने से तो राजी नहीं हुई यमुना। सच कहूँ तो यमुना का यह फैसला मुझे कतई मंजूर नहीं था। इतनी जुझारू एक व्यक्ति, इस तरह एक टूटे हुए व्यक्ति के फैसले की तरह फैसला क्यों लिया था, कौन जाने।

तुम लोग भगवान पर विश्वास नहीं करते। मैं करती हूँ। जब भगवान के यहाँ से बुलावा आयेगा तो चली जाऊँगी। परन्तु न बुलाने पर पहले से ही चले जाने का फैसला क्यों करूँ? यह तो जीवन से प्यार न करने के लक्षण हैं, भगवान ही अवहेलना करने के लक्षण हैं। इस हँसमुख जिन्दादिल व्यक्ति ने बहुत संग्राम किये हैं, किसी बाधा से डरी नहीं। किसी दुश्मन की परवाह नहीं की। किसी रोग-शोक के काबू में नहीं आयी, लेकिन जिस रोग का इलाज है, वहाँ बिना इलाज के मर जाने का फैसला लेना, यह बात आज भी मुझे बहुत हैरान करती है, खुद को दोषी ठहराने का जी करता है। क्या मैंने उसे काफी प्यार नहीं किया। इतना प्यार तो मैंने किसी से नहीं किया। यह बात जानकर रखना। तुम लोग यह घर मेरे जिम्मे कर गये। इतनी स्मृतियाँ लेकर सिर्फ नशे की हालत में रहा जा सकता है। दम घुटता रहता है। तपु आयेगी सोचकर यमुना की तरह इन्तजार करूँगी, घर-द्वार सँवार कर रखूँगी। मेरे लिए तो अमरीका जाना सम्भव नहीं होगा। अगर नूपुर राजी हो तो मैं बांग्लादेश से घूमकर आ सकती हूँ। यमुना से भी मिल आऊँगी। यमुना कहाँ जन्मी है, कहाँ पली-बढ़ी है इसके अलावा ब्रह्मपुत्र भी अभी तक देख न पायी। देखूँगी ब्रह्मपुत्र के किनारे कैसे जीवन बीतता था यमुना का।

मुझे ई-मेल की आदत नहीं है, इसीलिए चिट्ठी लिखी। तुम लोग तो शायद अब चिट्ठी-विट्ठी नहीं लिखती हो। तपु तो हाथ से कुछ भी नहीं लिखती। यमुना का एक ई-मेल ही था—श्रंउनदं ज्ञवसांजं /हउंपसण्बवउण (जमुना कोलकाता ऐट जी मेल.कॉम) इस पते पर भेजो तो मुझे ई-मेल ही मिलेगा। 'सिस्टरहुड' के ऑफिस में जो कम्प्यूटर है, उसी में देख लूँगी। यमुना का लैपटॉप मैंने सहेजकर अन्दर रखा हुआ है। उसमें हाथ नहीं लगाऊँगी। तपु जब आयेगी तो इस्तेमाल करेगी।

तुम लोग सही सलामत रहना/अच्छे रहना। यमुना की आत्महत्या के फैसले की बात सुनकर तुम लोगों का मन खराब होगा—जानती हूँ। अगर हो सके तो उसे माफ कर देना। उसकी तरफ से मैं माफी माँग रही हूँ।

तुम लोगों की, निर्मला''

यह चिट्ठी नूपुर ने दोपहर को पढ़ी। शाम को यमुना की कब्र के पास बैठकर जोर-जोर से फिर पढ़ी चिट्ठी। जोर से क्यों पढ़ रही है वह? यमुना सुनेगी इसलिए? नूपुर को पता है उस लकड़ी के कॉफिन के अन्दर यमुना के शरीर का मांस सूख कर झर गया है, कंकाल निकल आया है, इस पर भी उसे यह विश्वास करना अच्छा

लगता है, कि वहाँ यमुना अब भी है; उसको सुन रही है, नूपुर क्या कह रही है, वह सुन रही है; क्या कर रही वह देख रही है। चिट्ठी क्या दुबारा खुद को सुना रही है नूपुर?

दुली चाय देकर जाती है। नदी पर सूरज डूब रहा है। लाल सूरज। सूरज जितना रंगीन है उतनी ही धूल-मिट्टी है शहर में—यमुना ने एक बार कहा था। जो यमुना जीने की बात करती थी उसी ने जानबूझकर मौत को चुन लिया? नूपुर विश्वास नहीं करना चाहती। निर्मला की चिट्ठी की उन जगहों को फिर से पढ़ती है वह। लाल रोशनाई से निशान लगा-लगाकर पढ़ती है—डायलिसिस लेने के लिए वह जानबूझकर नहीं गयी—वह अंश। पढ़ने पर शरीर काँप उठता है।

शाम उतर आने पर भी नूपुर उदास होकर बैठी रहती है। दुली आकर कहती है—"घर में चलो खाला।" घर की ओर जाते-जाते नूपुर बड़बड़ाती है—"लगता है बूबू तपु को मुझे देकर गयी। मैंने अपनी सन्तान खो दी है, यह दुख जिससे मुझे ढोना न पड़े।"

नूपुर को निर्मला की चिट्ठी ने कमजोर बना दिया। वह तपु को फोन करती है। तपु को अभी तक चिट्ठी मिली नहीं होगी। चिट्ठी भारत से पहले बांग्लादेश ही आयी है, उसे अमरीका तक पहुँचने में और दो दिन की देरी होगी।

नूपुर ने कहा, क्यों रे उठ गयी सो कर?"

तपु उधर से हँसकर बोलती है—हाँ, अभी "चाय पी रही हूँ।"

"खुद को ही बनानी पड़ती है चाय-वाय?"

"अपनी चाय खुद ही तो बनाऊँगी।"

"आज लेक्चर है?"

"बस अब जा ही रही हूँ।"

"निर्मला ने एक चिट्ठी भेजी है कुरियर से, तुझको और मुझको। मेरी चिट्ठी मुझे आज ही मिली है। तेरी शायद आज-कल में मिल जायेगी।"

"अच्छा? ऐसा? निर्मला मौसी ने पहले कभी कुरियर नहीं किया।"

"दोपहर को क्या खायेगी?"

"केनेडी स्कूल के कैफेटेरिया में अच्छा खाना मिलता है। वहीं खा लूँगी। तुम चिन्ता न करो नूपुर खाला।" नूपुर हँसकर कहती है—"जी चाह रहा है तेरे माथे को चूमकर कहूँ—सारा दिन ठीक से रहना। मन अच्छा रखना। तुम बहुत ही लविंग और केयरिंग हो नूपुर खाला। माँ भी थी। लेकिन एक्सप्रेस नहीं करती थी। आई लव यू।"

"आई लव यू टू।"

फोन रखकर नूपुर ने पाया कि उसकी आँखों में आँसू हैं। गीली आँखों को

आँचल से पोंछ लेती है।

दुली और दुली की लड़की पास के कमरे में सोती हैं। वे सो रही हैं। कमरों में चहलकदमी करती है नूपुर। जो कमरा नूपुर का था, जो घर यमुना का था, जो कमरा दोनों का पढ़ने का कमरा था, माँ-बाबा का कमरा, नईम का कमरा, खाने का कमरा। चलती रहती है और सोचती जाती है, तपु के आने पर वह जरूर घर-कमरों को सजायेगी—बिल्कुल पहले की तरह, पहले जैसा था ठीक उसी तरह। यमुना ने तपु और नूपुर की जितनी भी तस्वीरें फ्रेम की हैं, वे सब तस्वीरें टँगा देगी। ब्रह्मपुत्र के किनारे यमुना के साथ जैसे घूमती थी किशोरावस्था में, वैसे ही तपु को साथ लेकर घूमेगी। नहीं, नूपुर सोचती है, जय को लेकर उसने स्वप्न देखा था, वही स्वप्न अब तपु के लिए थोड़ा-थोड़ा करके उग रहा है। उसने सोचा था, जय को दिखायेगी अपने बचपन, किशोरावस्था, यौवन के समय के सब गली-कूचे, सब पेड़-पत्थर, सब नदी-नाले, सब पानी। दिखाना नहीं हुआ जय ने देखना नहीं चाहा। नूपुर अब तपु को ही दिखा देगी सब। तपु के लिए यह घर रखकर एक दिन वह भी यमुना की तरह आँखें मूँदेगी। शायद वह तपु को अनुरोध करे, 'मैं जिस दिन मरूँ, मुझे अपनी माँ के पास ही लिटा देना। एपिटैफ़ में लिखना—एक कोई जो बहुत माँ होना चाहती थी—बस इतना ही।' नूपुर मन-ही-मन थोड़ा-सा और जोड़ देती है—"दुनिया चाहे उसे जितना कहती रहे, वह माँ न बन पायी लेकिन बन पायी थी वह माँ—अपनी सन्तान की नहीं तो परायी सन्तान की माँ।"

दुली की बेटी का शरीर पसीने से भीग रहा है। नूपुर पंखा चला देती है। दुली की माँ भी दुली को लेकर ठीक ऐसे ही, इस कमरे में सोती थी। दुली का शरीर भी ऐसे ही पसीजता था, और इसी तरह तब भी निःशब्द पंखा चला देती थी नूपुर।

❑❑